dtv

Reihe Hanser

Ganz zufällig – weil es draußen regnet – flüchtet Moritz in eine Kirche, nicht gerade der Ort, der ihm vertraut ist. Dort trifft er eine alte Frau, die ihn darauf hinweist, dass man die Kerzen, die man in einer Kirche entzündet, eigentlich auch bezahlen sollte. Aus der ersten Begegnung entwickelt sich eine Freundschaft und die Frau erzählt von ihrem persönlichen Verhältnis zu Gott. – Für Moritz ist das alles neu, er möchte gern mehr erfahren. Wie gut, dass es jetzt in der Bücherhalle eine neue junge Bibliothekarin gibt, die ganz viel über die Geschichte des Christentums weiß – und unheimlich nett ist!

Johann Hinrich Claussen, geboren 1964, studierte evangelische Theologie in Tübingen, Hamburg und London. Seit 1993 schreibt er regelmäßig für die ›FAZ‹. Von ihm liegen bereits zahlreiche Zeitschriften- und Buchveröffentlichungen vor.

Johann Hinrich Claussen

Moritz
und der liebe Gott

Deutscher Taschenbuch Verlag

Originalausgabe
In neuer Rechtschreibung
März 2004
© 2004 Deutscher Taschenbuch Verlag GmbH & Co. KG,
München
www.dtv.de
Umschlagillustration und Zeichnung ›Baum der Religionen‹:
Thomas M. Müller
Gesetzt aus der Caslon 11/13,5˙
Satz: Greiner & Reichel, Köln
Druck und Bindung: Druckerei C. H. Beck, Nördlingen
Gedruckt auf säurefreiem, chlorfrei gebleichtem Papier
Printed in Germany · ISBN 3-423-62168-0

1.

Moritz raste auf seinem Kickboard durch die Stadt. Er hatte kein Ziel. Nur weg von zu Hause!

Heimlich hatte er sich davongestohlen. Schon vor einigen Tagen hatte es Mam angekündigt, jetzt war es so weit. Paps war gekommen, um die letzten Sachen abzuholen. Viel gab es nicht mehr von ihm in der Wohnung. Schon vor zwei Monaten war er ausgezogen. Aber einiges hatte er doch noch zurückgelassen: Bücher, Platten, Papiere und Kleidungsstücke. Moritz hing an diesen Sachen. Sie waren wie ein heimliches Versprechen, dass alles wieder wie früher würde. Solange Paps' Reste noch zu Hause waren, das Regal und die Schränke füllten, so lange gab es für Moritz noch Hoffnung. Um keinen Preis wollte er deshalb dabei sein, wenn sein Vater heute Nachmittag die letzten Dinge zusammensuchte und endgültig auszog.

Genau zur verabredeten Zeit, am frühen Nachmittag, war Moritz' Vater mit großen Kartons unter dem Arm erschienen und gleich mit Mam in die Küche gegangen. Mam hatte geschimpft, Paps geschwiegen. Keiner hatte auf Moritz Acht gegeben. Und Anna, seine sechsjährige Schwester, hatte währenddessen seelenruhig in ihrem Zimmer die Puppen frisiert. Niemand hatte bemerkt, wie

Moritz sich davonmachte, wie er auf Fußspitzen den Flur entlangging, sich sein Kickboard schnappte, vorsichtig die Tür öffnete, hinausschlüpfte und leise die Wohnungstür hinter sich zuzog.

Moritz wollte nicht dabei sein, wenn alles zu Ende ging. Er wollte nicht mit ansehen, wie Paps die Kartons auffaltete und seine Sachen hineinpackte, um für immer auszuziehen und nie mehr zurückzukehren. Für immer, nie mehr! Den ganzen Tag hatten sich diese Worte in Moritz' Kopf gedreht. Für immer zu Ende, nie mehr wie früher! Es war, als ginge heute seine Kindheit zu Ende. Dreizehn Jahre war er jetzt alt, kein Kind mehr, doch noch lange kein Erwachsener. Aber seit heute gab es kein Zurück mehr. Exakt an diesem Nachmittag, in diesen Minuten, in dem Moment, als Paps zum letzten Mal die Wohnung betrat, war Moritz kein Kind mehr und alle Brücken waren abgebrochen. Für immer zu Ende, nie mehr wie früher!

Moritz war die Treppen ebenso schnell wie geräuschlos hinuntergejagt. Dieses Mal hatte er auf das übliche »Treppenspiel« verzichtet, das er und seine Schwester sonst nie ausließen, wenn sie aus dem Haus gingen. Beim »Treppenspiel« ging es darum, mit möglichst wenigen Schritten vom dritten Stock, wo sie wohnten, ins Erdgeschoss zu kommen. Dazu hielt man sich am Geländer fest und nahm so viele Stufen auf einmal, wie man nur konnte. Moritz' Rekord lag bei zwölf Sprüngen. Doch heute schlich Moritz das Treppenhaus wie ein Dieb hinunter: auf Zehenspitzen, mit angehaltenem Atem.

Unten angekommen hatte Moritz sein Kickboard aufgeklappt. Und los! Über Bürgersteige und Straßen, Kantsteine hoch und runter, links und rechts. Fußgänger sprangen erschrocken zur Seite und riefen ihm wütende Worte hinterher.

Moritz fuhr schon eine Weile. Er wollte, dass es zu Hause keinen Streit mehr gab. Er wollte, dass sein Vater wieder mit ihnen zusammenlebte. Beides gleichzeitig war unmöglich. Mam hatte es so oft zu erklären versucht. Aber er hatte es nicht begriffen. Er konnte es nicht begreifen, wollte es gar nicht. Er wollte nur, dass ihre Wohnung wieder ein Zuhause war. Die Wohnung hatte sich verändert, seit Paps nicht mehr mit ihnen lebte. Es war noch das alte Haus, dieselben Wände, Fenster und Zimmer. Die Möbel und Geräte standen noch an ihrem gewohnten Platz. Dennoch war nichts mehr wie früher. Etwas fehlte. Die Wohnung sah anders aus – dunkel, farblos. Sie klang anders – hohl, leer. Sie roch sogar anders – dumpf, muffig.

Das war nicht mehr sein Zuhause. Die fremd gewordene Wohnung war nicht zum Aushalten. Selbst in seinem eigenen Zimmer, nicht mal in seinem Bett konnte er länger bleiben als unbedingt nötig. Kaum nach der Schule zu Hause, hatte er schon das unbändige Verlangen, wieder hinauszulaufen. Das Kickboard, das er zu Weihnachten bekommen hatte, war sein größter Schatz. Es brachte ihn weg von der Wohnung, dem Haus.

Moritz fuhr einfach ziellos durch die Nachbarschaft.

Die Straße hinunter, am Supermarkt vorbei, an der Schule, am Bolzplatz, vorbei an den Häusern, in denen Freunde und Mitschüler wohnten.

Moritz wollte niemanden sehen, in kein bekanntes Gesicht schauen, nicht grüßen, auf keine Frage antworten, nichts erzählen, wofür ihm die Worte fehlten, nichts erklären, was er selbst nicht verstand. Er wollte nichts hören, was ihm doch nicht helfen konnte, keine aufmunternden Worte, keinen Trost, vor allem keine Ratschläge. Nichts hören, nichts sagen. Nur allein sein, niemanden kennen.

Vor allem nicht reden. Denn es hatte wieder angefangen. Es, das er schon ganz vergessen hatte. Plötzlich war es wieder da. Ohne Vorwarnung, mitten in der Deutschstunde vor drei Wochen. Seitdem war es immer wieder gekommen, hatte ihn gepackt, ihm die Brust verkrampft, den Atem genommen, die Kehle zugeschnürt, die Kontrolle über Zunge und Lippen genommen.

Er war sieben gewesen, als es das erste Mal gekommen war. Der Arzt hatte seiner Mutter erklärt, dass Moritz »poltere«. Nein, kein Stottern, bei dem man an einem einzelnen Konsonanten festhänge. Stottern sei wahrscheinlich genetisch bedingt, eine Erbanlage, darum sehr viel schwerer zu behandeln. Beim Poltern gebe es weitaus bessere Heilungschancen. Poltern habe seelische Gründe. Die letzte Zeit habe den Jungen wohl überfordert. Es sei alles ein wenig zu viel gewesen: Geburt der Schwester, Schulanfang. Dabei hatte Moritz sich beides so sehr gewünscht: eine Schwester und endlich in die Schule gehen. Da seien ja auch die häufigen Dienstreisen des Vaters. Man dürfe sich also nicht wundern, wenn ein sensibler Junge so reagiere. Hatte der Arzt gesagt.

Natürlich hatten die Erklärungen Moritz nicht geholfen, wenn es passierte. Doch irgendwann hatte es sich von selbst gelegt, er konnte wieder ruhig und normal sprechen, war einfach wieder gesund geworden. Aber jetzt war es zurück, viel stärker als damals. Plötzlich, mitten in der Deutschstunde, als er gerade etwas sagen wollte. Er bekam kein Wort heraus, nur immer wieder diese krampfhaft gepolterte Silbe »tatatatatat«. Als würde er eine Treppe hinunterfallen, »tatatatatat«. Als hätte ihm jemand von hinten die Beine weggeschlagen, »tatatatatat«. Kein Geländer, seine Hände griffen ins Leere und er fiel Stufe um Stufe, immer schneller, immer tiefer, fiel und fiel, »tatatatatat«. Er wusste nicht, warum. Er wusste nicht, was tun. Niemand fing ihn auf, »tatatatatat«.

Das falsche Sprechen bereitete ihm Schmerzen wie ein echter Sturz. Wenn es über ihn kam, wurde ihm heiß und er zuckte, der Kopf glühte rot. Er war gelähmt, starr vor Schreck. Zum Glück dauerte es nie lange. Nach einer halben Minute war es vorbei. Er hätte seinen Satz zu Ende sagen können. Aber die Lust war ihm vergangen. Er hatte dagestanden wie ein Baby, unfähig, ein schlichtes Wort herauszubringen. Lange musste er warten, bis die Spannung und die Scham ihn verließen.

Seit jener Deutschstunde kam es immer wieder. Er

konnte nicht vorhersagen, wann. Zwei, drei Tage vergingen, an denen er ohne jede Stockung in freiem Fluss sprach. Dann, plötzlich und überraschend, begann es von neuem und warf ihn aus der Bahn: »Bababababab.« Mitten in einem Gespräch mit seinen Freunden, am Telefon, beim Frühstück mit Anna und Mam, in der Schule, »babababbabab«. Nichts ging mehr. Er hing fest. Er kam nicht heraus aus dem Poltern, »babababbabab«.

Der einzige Ausweg: gar nicht mehr sprechen, nicht mit den Freunden, die peinlich zur Seite schauten, nicht mit den anderen in seiner Klasse, die plötzlich still wurden, ihn anstarrten oder kicherten. Nicht dass sie ihn offen geärgert hätten, aber die sprachlose Stille um ihn herum war genauso schlimm. Am besten also nichts mehr sagen, den Lehrern nicht antworten, die zwischen Mitleid und Ungeduld hin und her schwankten; Mam aus dem Weg gehen, die ihn mit ihrem sorgenvollen Blick quälte. Keiner konnte ihm helfen.

Nur manchmal bei Anna ging es ihm besser, weil sie ihn einfach ansah und wartete, bis es vorbei war. Vor ihr brauchte er sich nie zu schämen. Aber wirklich gut fühlte er sich nur auf seinem Kickboard. Wenn er durch die Gegend fuhr, lichteten sich die dunklen Gedankenwolken. Dann atmete er frei.

Am liebsten wäre er ganz und gar weggelaufen. Wenn nur Anna nicht gewesen wäre. Die könnte er nie zurücklassen. Und wenn er nicht selbst nur ein dreizehnjähriger Junge gewesen wäre.

2.

Auf seinem Kickboard vergaß Moritz die Zeit. Wie lange war er schon unterwegs? Eine halbe Stunde oder schon zwei Stunden? Er trug keine Uhr, er fühlte keine Müdigkeit, keinen Hunger, keinen Durst.

Plötzlich fing es an zu regnen. Ein harter, kalter März-regen. Aus übervollen schwarzen Wolken fielen dicke Tropfen herab. Dazu ein scharfer Wind. Der weckte Moritz. Jetzt erst fiel ihm auf, dass er nur seinen dicken Pullover trug, weder Mütze noch Jacke. Der Regen wurde stärker. Schwere, runde Tropfen trafen ihn an Kopf und Schultern. Ratlos fuhr er weiter.

Er suchte einen Unterschlupf. Aber als er sich umsah, merkte er, dass er hier noch nie gewesen war. Er fuhr an Häusern vorbei, in denen niemand wohnte, den er kann-te, an fremden Geschäften, in denen er noch nie einkau-fen war. Auch hatte er keinen Cent dabei. Das Portemon-naie steckte in seiner Jackentasche und die hing zu Hause an der Garderobe.

Eine Turmuhr schlug, fünfmal – merkwürdig leicht und hell. Ihr Klang passte nicht zu dem dunklen, un-freundlichen Wetter. Eine Kirche. Auch die hatte Moritz noch nie gesehen. Ein altes, mächtiges Gebäude mit einem hohen, massiven Turm, der nach oben zu immer schlanker und feiner wurde.

Die Kirche sah aus wie ein umgekipptes Schiff, wie eine altertümliche Kogge, die man an Land gezogen und kieloben gelegt hatte. Wind und Wetter mussten Jahrhunderte an der Kirche gearbeitet haben. Keiner der roten Backsteine saß mehr exakt auf dem andern. Die Mauern abgesackt und verschoben. Krumm und schief standen sie da. Auch Dach und Fenster verzogen. Man sah der Kirche ihr Alter an. Trotzdem wirkte sie nicht baufällig. Kein Sturm würde sie so leicht umwerfen können. Sie strahlte Ruhe aus.

Moritz sah, dass die große Eingangstür am Fuß des Turms offen stand. Der Regen wurde heftiger, der Wind lauter. Moritz fuhr in die Kirche, weil er fror, weil er Schutz suchte, weil er neugierig war.

Er rollte durch einen hohen, kalten Vorraum. Er stieß eine dicke, schwere Zwischentür aus Holz und Glas auf und gelangte in den Kirchraum. Hier war es dunkel. Durch die riesigen bunten Glasfenster kam nur wenig Licht. Moritz musste sich erst an das Halbdunkel gewöhnen. Und an die Luft, die eigentümlich roch – feucht, kühl und alt, aber nicht unangenehm.

Die Kirche war anders als die, die es in seiner Nachbarschaft gab. Zwei, drei Jahre musste es her sein, dass er mit seinen Eltern dort hatte hingehen müssen, weil Anna mit ihrer Kindergartengruppe etwas vorsingen sollte. Die

Kirche war wie eine Schulaula oder eine bestuhlte Turnhalle gewesen: ein kahles weißes Gebäude, ein nackter Kirchraum, der nur aus leeren Wänden zu bestehen schien. Alles gerade und eckig. Nichts, was man hätte anschauen mögen.

Aber hier gab es viel zu schauen. Moritz wusste nicht, womit er diese Kirche vergleichen sollte. Sie war nicht wie die Gebäude, die er sonst kannte: die Wohnhäuser, Schulen und Geschäfte. Er fuhr durch den Kirchraum wie durch eine andere Welt.

Still war es hier, sonderbar still. Die Geräusche der Straße waren draußen vor der Tür geblieben. Nur ein fernes Rauschen drang herein – wie von Wellen am Meer. Dazu das leise, gleichmäßige Trommeln des Regens auf Dach und Fenstern. Alles, was draußen war, schien unendlich weit weg.

Moritz hörte seinen Atem, der schnell ging, genau wie sein Herz. Er merkte jetzt, wie lange er herumgefahren war.

Er war allein. Moritz atmete auf. Er hatte einen trockenen, sicheren Ort gefunden.

Wie groß die Kirche war! Er musste den Kopf ganz nach hinten legen, um die hohe Decke zu sehen. Da hingen kleine goldene Sterne in den Kuppeln. Weit weg und doch zum Greifen nah. Mächtige, massige Säulen trugen die Decke. Sie waren ebenso wie die Wände aus rotem Backstein, der warm und dunkel leuchtete.

Die Kirche war so groß, dass Moritz sich vor den gewaltigen Säulen und Mauern wie eine Ameise vorkam. Die Decke so hoch, so unerreichbar über ihm wie der Nachthimmel. Trotzdem fühlte sich Moritz nicht eingeschüchtert oder erdrückt.

Langsam fuhr er über den Boden aus dicken, langen Steinplatten. Das Kickboard ruckelte. Er wurde müde und setzte sich auf eine Bank, ganz an den Rand. Die Bank knarrte, als er sich hinsetzte. Moritz schaute sich die Glasfenster an. Viel konnte er nicht erkennen. Er entdeckte keine klaren Bilder, die er verstanden hätte. Die Glasfenster waren modern und abstrakt. Moritz gefielen einige der Farben: das dunkle Blau, das bei diesem schlechten Wetter fast schwarz wirkte, das tiefe Rot, das trotz der Dunkelheit zu glühen schien. Hier herrschte ein anderes Licht. Alles war in dunkel leuchtende Farben gehüllt. Alles, was von außen kam, wurde durch sie gefiltert und gebrochen. Die Farben erschienen ihm fast wie ein Schutz.

Moritz horchte in die Stille. Er spürte, wie sich seine Aufregung allmählich legte. Dafür kam eine große Erschöpfung über ihn. Am liebsten hätte er sich auf die Bank gelegt und wäre eingeschlafen. Doch die Fahrerei hatte ihn ins Schwitzen gebracht. Er begann zu frösteln. Ich muss mich bewegen, sagte er sich, stellte sich wieder auf sein Board und rollte langsam durch die Kirche. Er machte eine große Runde – vorbei an den vielen leeren Bänken. Er fuhr zwischen den Säulen hindurch, die ihm vorkamen wie Riesen aus einer längst versunkenen Märchenwelt, vorbei an dunklen Bildern in goldenen Rahmen, an Statuen und Figuren, die er nicht kannte.

In einem Winkel entdeckte er einen breiten gusseisernen Kerzenständer vor einem großen goldenen Relief. Einige heruntergebrannte Kerzen flackerten und zischten leise. Unter dem Ständer war ein Kasten, der dünne weiße Kerzen enthielt. Darauf stand ein Schild: »Entzünden Sie eine Kerze für jede Bitte.« Moritz blieb stehen und überlegte. Dann nahm er vier Kerzen aus dem Kasten: eine für Anna, eine für Paps, eine für Mam und eine für sich. Er zündete sie an und setzte sie vorsichtig auf den Kerzenständer. Schön sahen sie aus, wie sie da nebeneinander standen und gemeinsam brannten, friedlich und versöhnlich. Moritz starrte eine ganze Weile in die vier Flammen. Nur vier kleine Kerzen, trotzdem erhellten sie einen weiten Raum. Sie tauchten Moritz und alles, was um ihn herum war, in ein warmes, gutes Licht. Moritz sah in die vier Flammen, ohne an etwas Bestimmtes zu denken. Er ließ sie einfach brennen: für sich, für Anna und für seine Eltern. Jetzt fror er nicht mehr.

Es verstrich einige Zeit. Dann veränderte sich auf einmal das Licht. Es wurde heller in der Kirche. Aus einem hohen Fenster fiel ein kräftiger grüner Lichtfleck direkt vor Moritz' Füße. Der weckte ihn aus seiner Stille. Draußen hatte es aufgehört zu regnen und die Sonne war wieder hervorgekommen.

Bestimmt hatte Paps inzwischen die Wohnung geräumt und war wieder fort. Moritz musste nach Hause.

Es würde sonst endlose Diskussionen geben. Außerdem meldete sich sein Magen. Er hatte Hunger.

Gerade wollte er um die große Säule herumfahren, da stand auf einmal eine alte Frau mit einem Gehwagen vor ihm. Moritz erschrak. Sie wären zusammengestoßen, wenn Moritz nicht im letzten Moment den Lenker herumgerissen hätte. Er verlor das Gleichgewicht, stolperte vom Kickboard. Auch die alte Frau zuckte ungeschickt zurück.

»Junge! Hier fährt man doch nicht Roller!«, rief sie erschrocken.

Sie sagte es nicht böse oder scharf, trotzdem ärgerte sich Moritz. Dass man nirgends ungestört und für sich sein konnte! Er war sich so sicher gewesen, allein zu sein. Jetzt fühlte er sich ertappt.

»Das ist kein Roller. Das ist ein Kickboard«, gab er patzig zurück.

Die Alte kam einen Schritt näher. Sie hatte sich schon wieder beruhigt.

»Oh, entschuldige bitte. Ich hatte gedacht, dass ich hier ganz allein bin. Du hast mich erschreckt!«

Sie kam noch einen Schritt näher und beugte sich vor, um das Board anzuschauen, das Moritz vom Boden hob.

»Tatsächlich, das sieht anders aus als die Roller, die wir als Kinder hatten. Na, nichts für ungut! Ich rollere ja auch mit meinem Gehwagen durch die Kirche.«

Sie blickte ihn an, als wolle sie sich mit ihm ein wenig

unterhalten. Dazu hatte Moritz keine Lust. Ohne ein Wort zu sagen, lenkte er sein Kickboard um die Frau und ihren Gehwagen herum und wollte sich gerade davonmachen, da rief sie ihm nach: »Du hast die Kerzen noch nicht bezahlt.«

Moritz hielt an und drehte sich verdutzt um. Was war los?

»Hast du nicht gelesen, was auf dem Schild steht?«

Eigentlich hätte Moritz jetzt wütend werden müssen. Normalerweise hätte er der Alten eine bissige Antwort gegeben. Aber irgendetwas hielt ihn zurück. Es war nicht die Angst, dass er poltern und sich lächerlich machen würde. Daran dachte er im Moment gar nicht. Es war etwas anderes, etwas, das er noch nicht verstand. Er merkte nur, dass er höflich blieb und zurückging, um sich das Schild am Kerzenständer anzusehen.

Groß stand da: »Entzünden Sie eine Kerze für jede Bitte.« Und in kleinen Buchstaben darunter: »Bitte geben Sie für jede Kerze fünfzig Cent.«

Er wurde rot.

»Aber ich hab kein Geld dabei.«

Die Alte sah ihm durch ihre dicken Brillengläser ins Gesicht und lächelte.

»Macht nichts. Weißt du was? Ich bezahl die Kerzen für dich. So viel Kleingeld habe ich gerade noch.«

Jetzt wurde es peinlich. Dass die Alte nicht locker ließ! Dass sie ihn nicht gehen ließ! Noch dazu mit einer Freundlichkeit, mit der er nichts anzufangen wusste. Er brauchte ihre Freundlichkeit nicht, nicht ihr Lächeln, schon gar nicht ihr Geld. Er wollte nicht, dass sie ihm aushalf.

»Nein, das brauchen Sie nicht!«

Aber sie zückte in aller Ruhe ein Portemonnaie, kramte zwei Euro hervor und steckte sie in den Kasten. Moritz wusste nicht, ob er sich ärgern oder schämen sollte.

»Ich gebe es Ihnen wieder.«

Seine Stimme klang grob.

Die Alte schien es nicht zu merken und lächelte ihn an.

»Sie kriegen das Geld zurück. Morgen!«

Moritz wandte sich ab. Er wollte so schnell wie möglich weg. Wieder fuhr er los, wieder kam er nur ein paar Meter weit. Dann fiel ihm ein, dass er gar nicht wusste, wo sie wohnte.

»Wohnen Sie hier?«, rief er zurück.

»Nein, doch nicht in der Kiche. Ich habe ein Zimmer im Altenheim hinter dem Kirchplatz. Erster Stock. Zimmer 115. Du kannst mich ja mal besuchen.«

»Und wie heißen Sie?«

»Elisabeth Schmidt. Und du? Hast du auch einen Namen?«

»Moritz.«

»Auf Wiedersehen, Moritz.«

Aber Moritz war schon am Ausgang.

3.

Moritz ging die alte Frau nicht aus dem Kopf. Irgendwie erinnerte sie ihn an – er wusste es nicht. Während er nach Hause fuhr, grübelte er darüber nach. Dass es ihm nicht einfiel, machte ihn nervös. Es war wie ein leichter Schmerz, den man nicht orten kann, wie eine juckende Stelle, die man nicht erreicht, wie ein Geschmack auf der Zunge, den man nicht bestimmen kann. An der alten Frau war nichts Auffälliges gewesen. Eine alte Frau eben: graue Haare, gebeugte Haltung, unscheinbare Kleidung, hellbrauner Mantel, helle, feste Schuhe, ein Gehwagen. Doch in ihrem Gesicht, in ihren Augen lag etwas, das ihm bekannt vorkam, vertraut, aber in seinem Gedächtnis verschüttet.

Er rollte langsamer, gleichmäßiger stieß er sich vom Boden ab, dabei legte er vor seinem inneren Auge dieses Gesicht auseinander und setzte es Stück für Stück wieder zusammen. Allmählich entstand ein Bild, es bildete sich etwas, das er gut kannte. Fast erschrak er, dass er es hatte vergessen können. Es waren die Augen seiner Großmutter: der kleinen Oma.

An *ihr* Lächeln, an *ihre* Augen, an die Art, wie *sie* ihn immer angesehen hatte, erinnerte ihn die fremde

Frau in der Kirche. Dabei musste sie deutlich älter sein als die kleine Oma. Auch hatte sie ein ganz anderes Gesicht. Aber der Blick war der gleiche. Merkwürdig, dass zwei Menschen, ein lebender und ein toter, sich darin so ähnlich sein konnten. Merkwürdig auch, dass er seine kleine Oma so völlig vergessen hatte. Drei Jahre war sie erst tot und er lebte, als hätte es sie nie gegeben.

Er war immer gern bei ihr gewesen. So winzig die Zimmer in ihrer Wohnung waren, so unendlich viel gab es bei ihr für ein Kind zu entdecken. Überall standen seltsame Dinge herum, die man anfassen, drehen und wenden musste, weil sie eine lange Geschichte besaßen: tausend Kasten und Kästen mit alten Münzen, Medaillen, Briefmarken, Fotos und Postkarten, lange Pfeifen der Urgroßväter aus Elfenbein, schwere Glaskugeln mit bunten Figuren, tausend Sachen, die jede für sich ein Geheimnis enthielten. An allen Wänden hingen Bilder, die sich Moritz lange anschaute. Und es gab Kisten mit uralten Bilderbüchern und Spielsachen, mit denen schon sein Vater gespielt hatte. An all das erinnerte sich Moritz jetzt wieder – und an die Augen der kleinen Oma, ihre kleinen, blitzenden Augen.

Moritz war an seiner Haustür angekommen. Er schloss auf, klappte das Kickboard zusammen und ging müde die Treppe hinauf. Er wusste, dass er am nächsten Tag ein Versprechen einlösen würde.

Am folgenden Nachmittag erledigte Moritz seine Hausaufgaben noch hastiger als sonst. Er wollte los. Zielstrebig fuhr er zur alten Kirche. Diesmal kam ihm die Fahrt überraschend kurz vor.

Das Altenheim war leicht zu finden. Es lag gleich hinter der Kirche: ein großes, vierstöckiges Gebäude aus hellem rotem Backstein. Vor dem Eingang wurde Moritz auf einmal mulmig. Er kannte Altenheime nur aus dem Fernsehen. Aber er gab sich einen Ruck.

Eine erste Schiebetür öffnete sich. Moritz fuhr in einen Windfang. Gleich hinter der Tür saß eine Frau im Rollstuhl.

»Guten Tag«, sagte die Frau, ohne ihn anzuschauen.

»Guten Tag«, antwortete Moritz. »Wo finde ich denn Zimmer 115?«

»Guten Tag«, sagte die Frau.

Moritz stutzte.

»Ich will zu Frau Schmidt. Wissen Sie, wo ihr Zimmer ist?«

»Guten Tag«, sagte die Frau. Sie sah ihn immer noch nicht an.

Moritz zögerte einen Moment. Dann sagte er selber noch mal: »Guten Tag«, und rollte durch eine zweite Schiebetür in einen langen Flur. Hinter seinem Rücken sagte die Frau im Rollstuhl ein letztes leises: »Guten Tag« – wie ein fernes Echo.

Im Flur roch es nach Krankenhaus, frisch gebohnerten Böden und Desinfektionsmitteln. Daran änderten auch die beiden großen, vertrockneten Blumensträuße nichts, die in hohen Vasen neben dem Eingang standen.

Links entdeckte Moritz das Treppenhaus. Er klemmte sich sein Board unter den Arm und ging hinauf. Um in den ersten Stock zu kommen, musste er eine kleine Gittertür öffnen. »Fast wie bei Anna«, wunderte er sich. Als seine Schwester noch kleiner gewesen war, hatten seine Eltern eine ähnliche Sicherung vor der Treppe angebracht.

Er ließ die Gittertür hinter sich zufallen. Rechts sah er einen großen Saal. An vielen kleinen Tischen saßen alte Frauen, die meisten in Rollstühlen. Viele ganz in sich zusammengesunken. Manche schliefen. Einige murmelten, summten, husteten oder scharrten mit den Füßen. Andere nuckelten ungeschickt an ihren Schnabeltassen. An einer Wand hing ein Fernseher. Eine Nachmittags-Talkshow lief. An der anderen Wand plärrte ein Radio deutsche Schlager. Eine Frau schrie und stöhnte. Eine andere hatte sich mit ihrem Gehwagen zwischen zwei Stühlen verhakt. »Schwester!«, rief sie. »Schwester!«

Moritz sah und hörte das alles, es machte ihn nervös. Er fuhr einen breiten Flur entlang. Plötzlich kam aus einem Zimmer eine dicke Schwester.

»He, hier ist Rollerfahren verboten!«

»Das ist kein Roller, sondern ein Kickboard«, antwortete Moritz. Er hielt an. »Ich will zu Frau Schmidt, Zimmer 115. Wo ist das?«

»Du willst Frau Schmidt besuchen?« Die dicke

Schwester wurde freundlich. »Das wird sie freuen. Ihr Zimmer ist ganz am Ende des Flurs. Aber fahr langsam mit deinem Roller.«

»Kickboard«, verbesserte Moritz und fuhr weiter.

»Das ist aber eine Überraschung!«, begrüßte ihn Frau Schmidt

»Wieso Überraschung? Ich hab doch gesagt, ich komme. Ich muss Ihnen ja die zwei Euro wiedergeben.«

»Ach ja«, antwortete Frau Schmidt, »die hätte ich fast vergessen. Schön, dass du da bist. Und was für eine schicke Frisur du hast!«

Moritz hatte sich seine braunen Haare am Morgen mit Gel hochgekämmt. Wie ein Stecknadelheer zeigten die Haare nach oben. Verlegen strich er sich über den Kopf.

»Hier also wohne ich«, sagte Frau Schmidt, richtete sich in ihrem Sessel auf und zeigte ihm mit einer weiten Handbewegung das kleine Zimmer. Sie saß vor dem Fenster auf einem Sessel, vor sich ein kleines Tischchen, neben sich ein Krankenhausbett. An der anderen Wand stand ein zweites Bett. Darin lag eine Frau. Sie war so fest zugedeckt, dass nur ihr Kopf unter der Bettdecke herausschaute. Ihre Augen waren geschlossen, der Mund stand weit offen.

»Das ist meine Zimmernachbarin, Frau Sperling. Geh ruhig zu ihr und sag ihr Guten Tag.«

»Aber sie schläft doch.«

»Sie hat nur die Augen geschlossen. Wenn sie schläft, schnarcht sie.«

Moritz ging zum anderen Bett. »Guten Tag«, sagte er zögernd.

Frau Sperling öffnete langsam die Augen und schloss den zahnlosen Mund. Sie sah uralt aus. »Guten Tag, mein Junge«, antwortete sie kaum hörbar und schloss die Augen wieder.

»Komm«, sagte Frau Schmidt, »setz dich auf mein Bett. Ich habe leider keinen zweiten Stuhl.«

»Warum hat sie denn die Augen zu, wenn sie gar nicht schlafen will?«

»Frau Sperling ist sehr alt, noch älter als ich. Fast hundert Jahre. Und sehr müde. Was soll sie sich immer nur die Zimmerdecke anschauen? Aufstehen kann sie schon lange nicht mehr. Aber wenn sie die Augen schließt, kann sie besser an früher denken und in ihren Erinnerungen spazieren gehen.«

»Spazieren gehen?« Moritz fand diesen Ausdruck komisch.

»Ja, wie in einem alten, vertrauten Garten. Erinnerungen sind das Letzte, was uns hier geblieben ist.«

Frau Schmidt machte eine kurze Pause.

»Wir beide kommen ganz gut miteinander aus. Nur dass ich mich nicht mit ihr unterhalten kann, ist wirklich schade. Da lebt man zusammen in einem Zimmer und kann gar nichts miteinander anfangen. Das ist ein bisschen traurig.«

Frau Schmidt nahm einen Schluck Tee aus einem Plastikbecher.

»Wie hat dir unsere Kirche gefallen?«

»Die muss uralt sein. Ich war noch nie in so einer alten Kirche.«

»Ich mag alte Sachen und alte Gebäude. Alte Kirchen mag ich besonders. Vielleicht weil ich selbst so alt bin.«

»Wie alt sind Sie denn?«

»Wie alt bist du?«, fragte Frau Schmidt zurück.

»Dreizehn.«

»Dann bin ich«, sie rechnete einen Moment, »genau siebenmal so alt wie du.«

Moritz überlegte. Er war ziemlich schlecht im Kopfrechnen.

»91!«, half ihm Frau Schmidt.

»Das ist wirklich alt«, entfuhr es Moritz. Sofort verbesserte er sich: »Entschuldigung, so habe ich das nicht gemeint.«

»Macht nichts. Ich hätte mir das auch nicht träumen lassen, dass ich mal so alt werde. Manchmal wundere ich mich selbst, dass es mich noch gibt. Aber alte Gebäude und alte Sachen, die haben etwas Besonderes. Früher, in meiner Wohnung, hatte ich viele alte Möbel, Bilder, Erinnerungsstücke und Bücher. Als ich hierher kam, musste ich fast alles zurücklassen. Dafür sei hier kein Platz, hat man mir gesagt. Ich weiß ja: Man soll sein Herz nicht an Dinge hängen. Aber es tut doch weh, weil so viel von meinem Leben an ihnen hing.«

»Haben Sie gar nichts mehr von früher?«, fragte Moritz.

»O doch«, antwortete Frau Schmidt. »Und daran freue ich mich ganz besonders. Das eine ist das Bild, das über deinem Kopf hängt. Es ist das Erbstück einer Großtante.«

Moritz drehte sich um und sah sich das kleine Ölbild an: eine Nachtlandschaft, ein ruhiger See, von Bäumen eingefasst, alles lag still und dunkel da, nur über das Wasser lief ein silberner Mondstrahl.

»So ein Bild hatte meine Großmutter auch. Bei ihr gab es im Wohnzimmer eine ganze Wand mit Bildern. Die meisten hatte mein Urgroßvater gemalt. Eines davon sah ganz ähnlich aus. Aber es zeigte keinen See, sondern einen Vulkan im Mondlicht. Gleich daneben, das weiß ich noch, hing ein gleich großes Bild, das denselben Vulkan am Tag zeigte. Gerade als er ausbricht und Lava in den Himmel schleudert. Als kleines Kind habe ich mich vor dem Bild immer gegruselt. Ich weiß gar nicht, was nach dem Tod meiner Großmutter aus den Bildern geworden ist.«

»Wann ist deine Großmutter denn gestorben?«

»Vor drei Jahren.«

»Ist sie alt geworden?«

Moritz musste einen Moment nachdenken. »Ihr genaues Alter weiß ich gar nicht. Obwohl, ihren 70. Geburtstag haben wir noch gefeiert. Daran erinnere ich mich. Bald danach war sie tot.«

Frau Schmidt rechnete wieder. »Dann war sie wohl Jahrgang '29 oder '30. Da hätte ich fast ihre Mutter oder Tante sein können. Hast du sie gern gehabt?«

»Schon, sehr.« Moritz räusperte sich und wechselte das Thema. »Wenn ich nur wüsste, wo die Bilder geblieben sind.«

»Hängen sie nicht bei euch zu Hause?«

Moritz schüttelte den Kopf.

»Was ist denn bei euch der älteste Gegenstand?«

Moritz zuckte die Schultern.

»Bei uns ist fast alles neu.«

Frau Schmidt beugte sich zurück und holte mit beiden Händen ein altes, großes Buch vor, das auf dem Tisch hinter einer Vase gelegen hatte.

»Das zweite, was ich gerettet habe, ist meine Familienbibel. Du kannst sie dir ruhig ansehen.«

Moritz nahm die Bibel in die Hand. Sie wog schwer. Der Einband aus schwarzem Leder löste sich an den Rändern schon auf. Das alte Leder war rissig und porös. Auf dem Deckel war in goldenen Buchstaben »Die Heilige Schrift« eingeprägt.

»Wie alt ist die?«, fragte Moritz.

»Fast zweihundert Jahre. Sie hat die ganze Geschichte meiner Familie begleitet. Mein Urururururgroßvater hat sie gekauft. Schlag mal auf. Auf den ersten Seiten kannst du lauter handschriftliche Einträge sehen.«

»Was ist denn das für eine Schrift? Das kann ja kein Mensch lesen.«

»Das ist Sütterlin, die alte deutsche Handschrift. Ich les es dir vor. Es beginnt mit einem Vers: ›Selig sind die Barmherzigen, denn sie werden Barmherzigkeit erlangen.‹ Und dann folgen viele Familiennachrichten. Wann welches Kind geboren und getauft wurde, wer die Paten waren, wann Konfirmation gefeiert und geheiratet wurde. Und die Todesfälle stehen auch da.«

Frau Schmidt blätterte etwas vor.

»Hier, das sind sehr traurige Seiten. Der Erste Weltkrieg – ein Mann nach dem andern ist gefallen, die Väter, die Ehemänner und Brüder.« Sie blätterte etwas zurück.

»Und hier stehe ich: ›Am 24. März 1910 wurde uns eine gesunde Tochter geboren. Sie wurde getauft von Pastor Schomerus am 14. April und erhielt den Namen Elisabeth Margot Julie Gruber. Ihre Gevattern waren die Tante Marie Mestern, geborene Baasch, und die Großmutter Elisabeth Dose, geborene Brandt. ›Meine Zeit steht in deinen Händen. (Psalm 31, 16)‹.«

Frau Schmidt blätterte die Bibel weiter auf.

»Kannst du die alte Frakturschrift lesen?«

Moritz beugte sich über die leicht vergilbten Seiten, kniff die Augen zu, aber er konnte nichts entziffern.

»Ist so eine alte Bibel viel wert?«, fragte er.

»In Geld fast nichts. Aber für mich ist sie unbezahlbar. Das ganze Leben begleitet sie mich schon. Die Geschichte meiner Familie steht darin. Sie ist das Einzige, was ich auf der Flucht gerettet habe.«

»Auf welcher Flucht?«

»Wir mussten fliehen, am Ende des Zweiten Weltkriegs. Unsere Heimat war weit im Osten, in Ostpreußen. Als die Russen kamen, mussten wir fort. Es war Winter und wir konnten nur mitnehmen, was wir am Körper trugen. Wir zogen zusammen los, meine Mutter, meine ältere Schwester, ihre Kinder und ich. Die Männer waren im Krieg. Wochenlang durch die Kälte, meistens zu Fuß und mit Handwagen. Ich schob einen Kinderwagen. Da lag mein kleiner Neffe drin. Dem habe ich die Familienbibel in sein Körbchen unter die Decke gelegt. So habe ich sie gerettet.«

»Haben Sie keine eigenen Kinder?«

»Nein, Kinder habe ich nicht. Ich hatte spät geheiratet, 1939, da kam schon der Krieg und mein Mann wurde sofort eingezogen. Er ist gleich in den ersten Tagen gefallen. Es ging alles so schnell.«

»Aber nach dem Krieg hätten Sie doch wieder heiraten können.«

»Nach dem Krieg gab es kaum noch Männer. Da bin ich allein geblieben.«

Frau Schmidt räusperte sich und wechselte das Thema: »Und ihr, habt ihr keine Bibel zu Hause?«

Moritz musste an die Bücher seines Vaters denken, die seit gestern nicht mehr da waren, und an die leeren Regale im Wohnzimmer. Er schüttelte den Kopf und versuchte über etwas anderes zu reden.

»Haben Sie Ihre Bibel von vorn bis hinten durchgelesen?«

»Nein, von der ersten bis zur letzten Seite nicht. Aber ich kenne sehr viele Geschichten.«

»Und wovon handeln die?«

»Hast du das nicht im Religionsunterricht gelernt?«

»Haben wir nicht.«

Frau Schmidt wunderte sich: »Für mich war der Religionsunterricht das schönste Fach. In der Volksschule hatten wir einen alten Lehrer, der sagte immer: ›Ohne den Glauben wärt ihr wie das liebe Vieh.‹ Wir haben darüber gelacht. Aber ganz Unrecht hatte er nicht. Wir sind auf dem Land wirklich wie das wilde Vieh aufgewachsen. Ohne Schuhe und Strümpfe sind wir im Sommer zur Schule gegangen. Und nach der Schule mussten wir oft die Kühe, Hühner und Schweine versorgen. ›Ohne den Glauben wärt ihr wie das liebe Vieh.‹ Er hat uns viel beigebracht, viele Sprüche und viele Lieder. Und Geschichten hat er uns erzählt. Davon konnten wir damals nicht genug bekommen. So etwas gibt es bei dir auf der Schule wohl nicht?«

Moritz hatte keine Lust, über die Schule zu sprechen: »Und wozu braucht man eine Kirche?«

Frau Schmidt musste überlegen.

»Das ist eine gute Frage. Wozu braucht man eine Kirche? Man braucht sie, um an Gott zu denken. Natürlich kann man überall an Gott denken, zu Hause, auf der Straße, in der Schule, bei der Arbeit, selbst hier im Heim. Aber es ist gut, einen Ort zu haben, an dem man sich konzentrieren kann. Der ruhig ist, damit einen nichts ablenkt und man zu sich selbst kommt. Denn nur wenn man zu sich selbst kommt, kann man auch zu Gott kommen. Dafür gibt es die Kirche. Unsere Kirche hier ist so ein besonderer Ort. Manchmal, wenn ich allein dort sitze und alles so still ist, denke ich, sie ist ein Ort, an dem Himmel und Erde sich berühren.«

Frau Schmidt trank noch einen Schluck Tee.

»Dazu gibt es eine Geschichte aus der Bibel. Für mich ist sie eine der schönsten überhaupt. Ich erzähl sie dir. Du hast doch noch Zeit?«

Moritz nickte.

»Die Geschichte erzählt von Jakob. Jakob lebte vor ewigen Zeiten in Israel. Er war ein junger Mann auf der Flucht. Er hatte seinen Vater betrogen und seinen großen Bruder bestohlen. Warum? Das ist eine andere Geschichte. Jedenfalls, der Bruder war entsetzlich zornig und wollte sich rächen. Er hatte geschworen, Jakob zu töten. Schnell, ohne sich noch einmal umzusehen, musste Jakob alles zurücklassen: seine Familie, seine Freunde, sein Zuhause, sein Heimatland.

Ohne Ziel rennt er los. Von nun an ist er vogelfrei. Er gehört nirgends mehr hin. Jakob rennt. Er rennt den ganzen Tag, durch Steppe und Wüste. Nur weg von seinem zornigen Bruder! Er rennt hinein in die Nacht.

Kein Licht leuchtet, kein Mond, keine Sterne. Jakob sieht den Weg nicht mehr. Er ist erschöpft und müde. Er kann nicht mehr. Er will nur noch schlafen. Er legt sich auf den nackten Boden. Da er kein Kissen hat, legt er sich einen Stein unter den Kopf. So schläft er ein.

Er beginnt zu träumen. Im Traum sieht er eine große Leiter. Ihr Fuß steht gleich neben seinem Kopf. Die Leiter reicht hoch hinauf. Mit ihrer Spitze berührt sie die Tür des Himmels. Und die steht weit offen. Unten ist es finster. Aber oben ist alles hell erleuchtet. Engel kommen auf der Leiter herab. Andere Engel schweben die Leiter wieder hinauf. Und oben steht Gott.

Und Gott sagt im Traum zu Jakob: ›Ich bin der Gott deines Vaters und deines Großvaters. Hab keine Angst. Ich gehe mit dir deinen Weg. Wohin du auch gehst, ich bin bei dir. Du sollst nicht mehr lange herumirren, sondern eine neue Heimat finden, ein Zuhause für alle Zeit. Das Land, auf dem du jetzt liegst, will ich dir geben. Du sollst viele Kinder haben und mit ihnen hier, in deiner Heimat, leben. Jakob, ich will dich segnen und du sollst für andere ein Segen sein.‹

Da wacht Jakob aus seinem Traum auf. Es ist wieder finstere Nacht. Die Leiter ist verschwunden, der Himmel verschlossen. Kein Licht leuchtet mehr. Und Jakob fürchtet sich. Voller Schrecken ruft er in die Finsternis: ›Hier wohnt Gott und ich wusste es nicht! Hier ist Gottes Haus! Hier ist die Tür des Himmels!‹ Dann legt er sich wieder hin und fällt in einen traumlosen Schlaf.

Am nächsten Morgen erhebt er sich früh, richtet den Stein auf, auf den er seinen Kopf gelegt hat, und macht daraus einen Altar. Und er schwört: ›Wenn ich wieder-

komme, will ich hier ein Gotteshaus bauen.‹ Dann eilt
er los in den Morgen hinein. Er hat jetzt keine Angst
mehr.«

Moritz hatte ruhig dagesessen, aber richtig zugehört
hatte er nicht. Denn die Geschichte und vor allem die
Art, wie die alte Frau sie erzählte, hatten ihn an etwas erinnert: Wie er früher neben der kleinen Oma auf dem
Sofa gesessen und sie ihm aus einer alten Kinderbibel
vorgelesen hatte. Wahrscheinlich auch diese Geschichte,
obwohl er sich nicht daran erinnern konnte. Aber er sah
die Bilder wieder vor sich: grobe, einfach gemalte Figuren, die dennoch einen starken Ausdruck besaßen, dunkle, wie mit dicken Buntstiften gemalte Landschaften, die
trotzdem leuchteten. Ihm kam sogar wieder ein Geschmack auf die Zunge: der Geschmack von Honigbrot.
Wenn die kleine Oma vorlas, gab sie ihm immer einen
Teller auf den Schoß. Und darauf lagen große Schnitten
Honigbrot, dick mit Butter bestrichen. Der Geschmack
und diese Erinnerungen taten ihm gut. Darum ließ er
sich die Geschichte von Frau Schmidt gefallen, obwohl er
eigentlich längst aus dem Alter heraus zu sein glaubte.
Geschichtenerzählen – das war eher etwas für Anna.
    Bei der kleinen Oma war es immer einen Tick zu warm
gewesen. Sie hatte die Heizung voll aufgedreht, weil sie
so leicht fror. Von der Wärme war er jedes Mal müde geworden. Manchmal war er mitten in einer Geschichte an
der Seite der kleinen Oma eingeschlafen. Auch hier, im

Zimmer von Frau Schmidt, war es zu warm. Moritz musste gähnen.

»Wer hat die Geschichte geschrieben?«, fragte er.

»Sie steht gleich am Anfang der Bibel. Aber wer genau sie geschrieben hat, kann ich dir nicht sagen. Damit kenne ich mich nicht aus. Ich kenne nur die Geschichte.«

Moritz schaute auf die Uhr.

»Schon spät. Ich muss los. Ich hab meiner kleinen Schwester ein Eis versprochen.«

»Das ist nett von dir.«

»Anna war heute Mittag so traurig. Da hab ich ihr gesagt, das ich mit ihr in die Eisdiele gehe.«

»Dann wirst du heute Abend ja zwei gute Taten vollbracht haben.«

»Wie bitte?«

»Schon gut«, winkte Frau Schmidt ab. »Beeil dich, deine Schwester wartet auf dich!«

Moritz stand auf und ging zur Tür. Dann drehte er sich noch mal um: »Jetzt werde ich auch schon vergesslich. Ich wollte Ihnen doch die zwei Euro zurückgeben.«

»Ach, weißt du was? Du könntest mir einen größeren Gefallen tun. Ich meine, wenn du mal Zeit übrig hast und mich wieder besuchst, könntest du mir eine Tafel Schokolade mitbringen. Hier in der Nähe ist kein Laden. Außerdem kontrollieren mich die Schwestern. Ich darf nichts Süßes essen. Aber eine Sünde muss der Mensch doch haben, sonst ist er einfach kein Mensch mehr. Ein bisschen Schokolade – in meinem Alter, was soll die mir noch schaden? Wenn du von dem Geld eine Tafel Bitterschokolade kaufst, das wäre nett. Und wenn etwas übrig bleibt, kaufst du deiner kleinen Schwester noch eine Extrakugel Eis.«

»Gut«, sagte Moritz. »Auf Wiedersehen.«

»Auf Wiedersehen, Moritz. Und vielen Dank für den schönen Tag!«

4.

Moritz hatte schon beim Aufstehen gewusst, dies würde nicht sein Tag werden. Er hatte schlecht geschlafen und so dumm und wirr geträumt, dass er ganz erschöpft und verschwitzt war, als er viel zu spät aufwachte. Schlapp hatte er sich aus der Bettdecke herausgeschält, war ins kalte Badezimmer geschlurft, und als er in den Spiegel sah, war ihm sofort klar gewesen, heute würde alles gegen ihn laufen. Es gibt solche Tage. Sie kommen, aber niemand kann einem sagen, aus welchem Grund und zu welchem Zweck.

Hektisch hatte ihn Mam zum Frühstück und kurz darauf aus dem Haus getrieben. »Beeil dich! Nun mach schon! Wo hast du bloß deinen Kopf?« Durch kalten Regen war er auf seinem Kickboard gerast, gerade noch rechtzeitig, aber durchnässt und verschwitzt in der Schule angekommen, hatte sich fröstelnd auf seinen Platz in der linken, hinteren Ecke gesetzt und gehofft, jetzt wenigstens würde es einen Moment Ruhe geben, um Luft zu holen und nur eine Weile aus dem Fenster zu schauen.

Doch daraus wurde nichts. Die Lehrer schienen nur darauf gewartet zu haben, ihm heute die Meinung zu sagen. Der Biologielehrer hatte die erste Stunde gleich damit begonnen. Die anderen wiederholten und variierten seine Predigt: der Englischlehrer, der Lehrer für Physik und Chemie, die Erdkundelehrerin, selbst der Clown, der sie in Musik unterrichtete. Alle hatten sie ihm dasselbe Lied vorgesungen: »Mensch, Moritz, so lange liegen die Frühjahrszeugnisse doch nicht zurück, soll ich dich an deine Zensuren erinnern, das war eine Warnung, ich hatte gedacht, du hängst dich jetzt rein, aber du bist ja noch schlechter geworden, schriftlich sowieso und mündlich, Mensch, Moritz, was ist mit dir los, du musst dich mal richtig anstrengen, sonst sieht es schwarz für dich aus.« Einer nach dem andern hatte sein Urteil über ihn gefällt.

Bis der Mathematiklehrer ihn schließlich in der letzten Stunde nach vorn rief. »Tu uns allen doch den Gefallen und löse hier an der Tafel diese Gleichung. Wir wollen nur mal sehen, wo du leistungsmäßig zurzeit stehst.« Ganz weit hinten, wenn von Stehen überhaupt noch die Rede sein kann, hätte ihm Moritz gern geantwortet, hatte sich aber nicht getraut. Er war nach vorn gegangen, mit offenen Augen in die Katastrophe geschlichen. Wie lang er schon nicht mehr zugehört hatte! Eigentlich machte es Moritz nicht viel aus, vor der Klasse zu stehen und nichts zu wissen. Das war keine Schande. Das passierte anderen auch. Aber dass er dann doch versucht hatte, etwas zu sagen, und es plötzlich über ihn gekommen und er ohne Vorwarnung in ein hartes, heftiges Poltern gefallen war, das ihn packte und durchschüttelte, ohne dass er sich von dieser einen Silbe, die er immer und immer wiederholen musste, »nanananan«, hätte lösen können – ein nicht endender Krampf wie ein Brechanfall, so hilflos hatte er sich gefühlt – und dass alle ihn dabei angesehen hatten, als hätte er eine Krankheit, eine ansteckende Krankheit, das war tiefe Schande, »nananananan«. Und dass dem Lehrer schließlich nichts Besseres eingefallen war, als ihn achselzuckend zu seinem Platz zurückzuschicken. »Ist schon gut, setz dich und beruhige dich, wir versuchen es nachher noch einmal.« Es hatte lange gedauert, bis Moritz wieder zu Atem kam.

Zu Hause hatte ihn Mam so angesehen, dass er gleich wieder wegwollte. Sie hatte diesen Wir-müssen-unbedingt-miteinander-reden-Blick aufgesetzt, den er nicht mehr aushielt. Warum konnte ihn niemand in Ruhe lassen?

Sofort nach dem Mittagessen, das er stumm hinuntergeschlungen hatte, fuhr er los. Es fiel ein leichter, kalter Regen, und weil er keine bessere Idee hatte, fuhr er zum Einkaufszentrum. Das war zumindest überdacht und hatte einen glatten Boden, auf dem man gut rollen konnte.

Moritz wollte hineinfahren, da sah er einige Jungs aus seiner Klasse, die vor der Eisdiele herumhingen. Gerade noch rechtzeitig, bevor sie ihn sehen konnten, drehte er um, fuhr mit Schwung die lange Fassade zurück und bog in die nächste Seitenstraße. Eine ruhige Sackgasse. Hier gab es keinen Verkehr, nur stumme, parkende Autos. Langsam rollte er die abschüssige Straße hinunter, bis er an ihrem Ende plötzlich vor der Kirche stand, in der er damals mit Anna und den Eltern gewesen war. Sie interessierte ihn nicht. Aber gleich daneben – fast hätte er sie übersehen – war die Bücherei, in der er als kleiner Junge so oft gewesen war. Von außen hatte sich nichts verändert: ein großes Schaufenster, in dem Bücher auslagen, und eine hohe Glastür, die mit Plakaten für Konzerte und Ausstellungen voll geklebt war. Sonst sah alles aus wie früher, nur dass die Fassade schmutzig war, die Fensterscheibe stumpf wirkte und einige Buchstaben der Aufschrift »Gemeindebücherei« schon bedenklich schief herabhingen.

Früher war Moritz einmal pro Woche hergekommen. Besonders im Winter war es für ihn und seinen Vater zur festen Gewohnheit geworden: Am Samstag hatte Paps ihn an der Hand genommen, zu zweit waren sie zum Markt losgezogen, hatten eingekauft und waren danach, damit Mam in der Wohnung Ruhe hatte, in die kleine Bücherei gegangen. Eine gemütliche Kinderecke gab es hier, in der Paps ihm ein Bilderbuch nach dem andern vorgelesen hatte, ohne müde zu werden. Oder sie hatten Spiele gespielt, die dort auslagen: ›Memory‹, ›Domino‹, ›Fang den Hut‹. Stundenlang, ohne dass ihnen langweilig wurde. An diesen Samstagvormittagen hatte er seinen Vater ganz für sich allein gehabt. Aber irgendwann hatte das aufgehört. Moritz konnte sich nicht mehr erinnern, warum. Ob er selbst keine Lust mehr gehabt oder ob es an Paps' vielen Geschäftsreisen gelegen hatte oder daran, dass Anna auf die Welt gekommen war?

Drinnen brannte Licht. Die Tür stand offen, Moritz rollte hinein. Obwohl er die Gemeindebücherei seit bestimmt sieben, acht Jahren nicht mehr betreten hatte, kam ihm noch alles vertraut vor: die grauen Regale, der dunkelgrüne Filzfußboden, der jeden Schritt und auch das Fahrgeräusch des Kickboards dämpfte, der Geruch von verstaubten Büchern und leicht vergilbtem Papier, die Stille, die nur selten von einem Flüstern, einem quietschenden Stuhl oder einem Zeitungsrascheln unterbrochen wurde, die wackeligen braunen Tische und Stühle. Alles stand noch an seinem Platz. Alles war wie früher. Nur auf dem großen Tisch am Eingang gab es nicht mehr die klobige Maschine, in die man die Bücher mit den altertümlichen Lochkarten stecken musste. Stattdessen stand dort ein Computer und dahinter saß eine junge Frau, die auf den Bildschirm sah, etwas eingab und dabei telefonierte. Moritz konnte sie nur halb von der Seite sehen und sie bemerkte Moritz gar nicht. Außer ihnen beiden schien niemand da zu sein.

Gemächlich rollte Moritz an den Regalen vorbei, am Katalogkasten, an Tischen und Stühlen. Eine Ecke weiter stand das Regal mit den Comics. Moritz musste nur kurz suchen, bis er seine beiden ›Tim-und-Struppi‹-Lieblingsbände fand: ›Das Geheimnis der Einhorn‹ und ›Der Schatz Rackhams des Roten‹. Mit ihnen ließ er sich in einen breiten Sessel fallen. Moritz kannte die Geschichten auswendig, aber ihr Zauber wirkte ungebrochen. Er musste den ersten Band nur aufschlagen, schon war er in den bunten Bildern versunken und ging mit Tim auf Abenteuerfahrt. Sie entdeckten das alte Schiffsmodell mit der geheimnisvollen Botschaft, fanden den Plan zum sagenhaften Schatz Rackhams des Roten und machten sich gemeinsam mit Kapitän Haddock, Professor Bienlein und den unvermeidlichen Schulze-Zwillingen auf die gefährliche Reise. Nie im Leben würden ihm diese Comics langweilig werden.

Moritz bemerkte nicht, wie sich die Bibliothekarin mit einem Bücherwagen näherte und am Regal gegenüber zu schaffen machte, eine Leiter heranschleppte, hinaufkletterte, sich den Arm mit Büchern voll lud und zögernd wieder hinunterstieg. Auf einmal verlor sie das Gleichgewicht, konnte sich nur mit einem schnellen Griff zum Regal halten und warf dabei die Bücher in hohem Bogen in die Luft, so dass sie mit lautem Krachen vor Moritz' Füßen landeten. Er schreckte auf.

»Oh, entschuldige«, sagte die Bibliothekarin.

Sie war so hübsch, dass es Moritz richtig überraschte. Früher hatten hier zwei alte, leicht eingetrocknet wirkende Frauen gearbeitet. Sein Vater hatte sie immer die »Grauen Damen« genannt, weil sie nur graue – höchstens mal dunkelblaue – Kleider trugen. Die neue Bibliothekarin aber hatte eine schwarze Jeans an und eine leuchtend rote Jacke, die gut zu ihren kurzen schwarzen Haaren passte, und graue Sportschuhe, wie sie die Mädchen aus der Oberstufe trugen. Und sie hatte große, runde dunkle Augen.

»Tut mir Leid.«

Moritz wollte antworten. Doch kaum hatte er den Mund geöffnet, verhakte sich seine Zunge, verhärtete sich der Mund, rutschte ihm der Atem weg und heraus kam nur ein verkrampftes, gepoltertes »nenenenenen«. Die Knie wurden ihm weich, die Füße fanden keinen Halt, der Kopf begann zu schwitzen. Wenn er sich nur hätte in Luft auflösen, weit wegfliegen oder neben der »Einhorn« tief auf dem Meeresboden liegen können, »nenenenenen«. Hilflos saß er da. Er kam weder vor noch zurück. Er war wie verhext.

Doch dann geschah etwas Seltsames. Die Bibliothekarin reagierte anders, als Moritz es von allen übrigen Leuten gewohnt war. Sie erschrak nicht, kicherte nicht, schaute nicht zur Seite, sie versuchte nicht, ihm zu helfen, ihm Worte vorzusagen. Sie tat das, was sonst niemand tat, wenn das Poltern über ihn kam. Sie blieb ruhig. Sie sah ihn an. Mit ihren großen, schönen Augen. Sie sah ihn einfach an. Es war nur ein Blick, ein Moment zwischen zwei Augenaufschlägen, eine kaum messbare Zeit. Doch dieser eine Blick genügte vollkommen. Ohne Worte sagte er alles: Es ist gut. Nur ein Blick und Moritz wurde ruhig. Er schloss den Mund und spürte langsam wieder festen Boden unter den Füßen. Der Krampf löste sich. Das Poltern verschwand. Und seltsam, zurück blieb nicht mal das

Gefühl von Scham und Peinlichkeit. Es war, als wäre nichts passiert. Nein, etwas Schönes war passiert.

Jetzt beugte sich die Bibliothekarin nieder und sammelte die verstreut liegenden Bücher auf. Moritz ging zwei Schritte vor, kniete sich neben sie und half ihr.

Zwei Bücher hatte er schon im Arm und griff eben nach einem dritten, da stieß er kurz mit ihr zusammen. Unwillkürlich zuckte er zurück, überrascht von der Berührung und von ihrem Geruch, der frisch war und so gar nicht an alte Bücher erinnerte. Er rückte wieder an sie heran. Sie lächelte.

»Das ist nett von dir. Leg die Bücher einfach auf den Bücherwagen.«

Sie richteten sich auf. Moritz lächelte zurück.

»Weißt du, ich muss hier alles umräumen. Unsere Bücherei muss sich verkleinern. Wir mussten einen der hinteren Räume abgeben. Wenn es nach mir gegangen wäre, hätten wir angebaut. Wir haben schon so kaum Platz für unsere Bücher. Aber jetzt muss ich Regal für Regal durchgehen und Bücher aussortieren, die keiner mehr lesen will.«

Die Bibliothekarin hatte eine freundliche, aber leise Stimme und sie sprach mit ihm ganz ungezwungen. Als ob sie sich schon lange kennen würden.

Jetzt kostete es Moritz keine Mühe, sie zu fragen: »Und was machen Sie mit den Büchern?«

»Die kommen ins Altpapier. Ist das nicht furchtbar?«

Moritz sah sich die Bücher auf dem Wagen an. »Kommen die alle weg?«

»Nein, ich muss sie mir noch mal anschauen. Das ist das Religionsregal. Da kann einiges weg, das veraltet ist. Aber ein paar Bücher sind dabei, die ich aufbewahren will. Zum Beispiel unsere alten Bibeln. Wir sind ja eine Gemeindebücherei, und der Pastor, der sie vor, ich glaube, etwa fünfzig Jahren gegründet hat, besaß eine feine Bibelsammlung. Die hat er uns vererbt. Diese Bibeln werfe ich natürlich nicht weg. Aber sie sind so empfindlich, dass ich sie nicht im Regal lassen will. Wir haben ein kleines Archiv. Da kommen sie zu unseren anderen Schätzen.«

»Schätze?«, fragte Moritz überrascht. »Ich hätte nicht gedacht, dass es hier irgendwas richtig Wertvolles gibt. Was sind denn das? Kann ich sie mal sehen?«

»Klar! Hier zum Beispiel haben wir etwas ganz Besonderes.«

Sie zog mit beiden Händen ein großes, schweres Buch aus dem Regal und legte es auf den Bücherwagen. Es hatte einen prächtigen Ledereinband, in den vergoldete Figuren eingestanzt waren. Als sie es aufklappte, wirbelte eine kleine Staubwolke durch die Luft. Moritz sah den Staubkörnern nach, wie sie durch die Luft tanzten.

»Diese Bibel stammt aus dem 19. Jahrhundert. Sie hat wunderbare Illustrationen. Das da auf der ersten Seite ist der Evangelist Johannes beim Schreiben. Irgendwie rührend, wie er zwischen den Olivenbäumen sitzt und als Schreibtisch nur einen großen Stein hat.«

Moritz rückte dicht neben die Bibliothekarin und sah sich das Bild genauer an. »Hat der die ganze Bibel geschrieben?«

»Nein, die Bibel ist nicht von einem einzigen Menschen geschrieben worden. Von ihm stammt nur ein Teil. ›Bibel‹ ist das griechische Wort für Buch, heißt übersetzt also eigentlich nur ›das Buch‹. Aber das ist nicht korrekt. Denn die Bibel ist eine Bibliothek von Büchern – so wie unsere Bücherei. Es sind zwar nur 66 Schriften in der Bibel, aber diese kleine Bibel-Bibliothek ist eine Quelle aller späteren Bibliotheken.«

Sie hob eine gewöhnliche Bibel hoch, die aufgeschlagen neben dem Wagen lag. »Eigentlich besteht die Bibel aus zwei Bibliotheken: dem Alten und Neuen Testament. Nein, das ist ungenau, nur für die Christen gilt das. Die Juden erkennen bloß das erste Testament als heilige Schrift an. Was für die Christen das Alte Testament ist, ist für die Juden bereits die ganze Bibel. Das Alte Testament ist ursprünglich auf Hebräisch geschrieben worden. Wir haben hier ein Exemplar, eine ›Biblia Hebraica‹. Wie du siehst, sind wir gar nicht so schlecht ausgestattet. Obwohl keiner unserer Leser Hebräisch versteht oder auch nur die alte hebräische Schrift entziffern kann.«

»Wie sieht die hebräische Schrift denn aus?«

Die Bibliothekarin beugte sich hinab und nahm einen dicken Band aus dem untersten Regal.

»Ich schlag mal die erste Seite auf.«

Sie drehte das Buch um und schlug die Rückseite auf. Moritz stutzte.

»Du wunderst dich zu Recht«, sagte sie. »Aber man liest Hebräisch umgekehrt, also von rechts nach links und von hinten nach vorn.«

»Können Sie das lesen?«

»Ein bisschen. Hast du die Buchstaben schon mal gesehen?«

Moritz beugte sich vor. »Nee, noch nie«, er schüttelte den Kopf.

»Die hebräische Schrift besteht nur aus Konsonanten. Anfangs ist man ohne die Vokale a, e, i, o, u ausgekommen. Deinen Namen würde man also – oh, entschuldige, wie heißt du eigentlich?«

»Moritz.«

»Deinen Namen würde man also ›MRTZ‹ schreiben.«

»Was denn jetzt? Ich dachte, Hebräisch wird rückwärts geschrieben.«

»Stimmt. Sehr gut«, sie schlug sich an die Stirn und lachte. »Also: ›ZTRM‹. Im Nachhinein hat man Vokale hinzugefügt. Man hat sie als Punkte oder Striche über oder unter die Konsonanten gesetzt. Das o ist zum Beispiel ein hochgestellter Punkt und das i ein drunter gesetzter Punkt.«

»Und wie klingt Hebräisch?«

»Meine Aussprache ist bestimmt nicht perfekt, aber ich lese dir mal die ersten Verse des Alten Testaments vor:

›Bereschit bara elohim ät haschamajim wehät haaretz wehaaretz hajta tohu wabohu wechoschek al penej tehom we ruach elohim merachephät al penej hamajim.‹ Hast du was verstanden?«

Sie stieß ihn mit dem Ellenbogen leicht an den Arm. Moritz kicherte kurz und schüttelte den Kopf. »Nur das ›tohu wabohu‹. Das sagt meine Mutter jedes Mal, wenn ihr mein Zimmer zu chaotisch ist.«

»›Tohu wabohu‹ heißt ›wüst und leer‹. Übersetzt heißt das, was ich gerade gelesen habe: ›Am Anfang schuf Gott Himmel und Erde. Und die Erde war wüst und leer und es war finster über der Tiefe und der Geist Gottes schwebte auf dem Wasser.‹ So beginnt die Bibel.«

»Woher wissen Sie das alles?«

»Ich hab mal Religion studiert. Ich kann sogar ein paar Brocken Griechisch. Willst du davon auch eine Kostprobe?«

Sie lachte Moritz an. Es schien ihr Spaß zu machen. Die ist richtig nett, dachte er und nickte zurück. Wieder bückte sie sich und holte ein sehr viel kleineres Buch hervor.

»Das ist das griechische Neue Testament.«

Sie schlug es auf.

»Iiiih«, Moritz wich einen Schritt zurück. »Die Buchstaben kenn ich aus dem Matheunterricht«, stöhnte er.

»En archä än ho logos kai ho logos än pros ton theon kai theos än ho logos.‹«

So, wie sie diese fremdartigen Laute vorlas, klang es für Moritz merkwürdig schön.

»Und was soll das heißen?«

»Das heißt: ›Am Anfang war das Wort und das Wort war bei Gott und Gott war das Wort.‹ Das ist der Anfang des Johannes-Evangeliums. Das hat also dieser alte, bärtige Mann geschrieben. Meine Sprachkenntnisse sind zwar ziemlich eingerostet. Aber etwas bekomme ich doch noch zusammen.«

Sie hatte richtig Feuer gefangen. Moritz ließ sich anstecken. Er hörte ihr gern zu. Er stand gern neben ihr. Nur damit sie weiterredete, fragte er: »Wie alt sind diese Bibeln?«

»Die hier sind alle relativ jung. Sie sind auf modernem Papier fein und sauber gedruckt. Ich zeige dir mal, wie Bibeln früher aussahen. Wir haben hier sogar eine Lutherbibel aus dem 18. Jahrhundert.«

»Ehrlich, so alt?«

Sie nickte, räumte die hebräische und griechische Bibel wieder weg, holte ein dickes Buchungetüm hervor und wuchtete es auf den Bücherwagen.

»Uff, wie schwer Bücher damals waren!« Sie gab ihm einen kleinen, freundlichen Schubs. »Du kannst sie dir ruhig genauer ansehen.«

Moritz trat einen Schritt näher.

»Kann ich mal anfassen?«

»Natürlich, warum nicht?«

»Na, ich dachte nur, weil sie so wertvoll ist.«

»Du wirst schon ordentlich damit umgehen. Nur zu!«

Vorsichtig betastete er den brüchigen Ledereinband,

die Messingbeschläge, den Goldrand und schließlich die dicken, leicht bräunlichen und gewellten Seiten.

»Diese Lutherbibel ist das älteste Buch, das wir in unserer Bücherei haben. Sie dürfte wirklich nicht einfach im Regal herumstehen.«

»Liest die denn noch jemand? Der Druck ist so grob. Man kann ja kaum einen Buchstaben erkennen. Und diese kleinen Zeichen am Rand erst!« Er beugte sich dicht über die Seite, um etwas zu entziffern. Vergeblich.

»Nein, da liest keiner mehr drin. Aber es ist doch ein schönes Zeichen, dass wir sie haben. Die Lutherbibel ist eines der wichtigsten Bücher unserer Sprache.«

»Wieso denn das?« Moritz richtete sich wieder auf.

»Martin Luther war der Erste, der die Bibel ins Deutsche übersetzt hat, damit die Menschen sie endlich selber lesen konnten. Das war Anfang des 16. Jahrhunderts. Luthers Bibel wurde der erste Bestseller der Weltgeschichte. Sie war überhaupt eines der ersten gedruckten Bücher. Vorher wurden die Bibeln von Hand geschrieben. Mönche haben ihr ganzes Leben damit zugebracht, Bibeln abzuschreiben, Buchstaben für Buchstaben, das ganze dicke Buch. Auf Papier oder Schweinsleder oder noch früher auf Papyrus in Buchrollen.«

»Stehen solche Bibeln auch hier rum?« Moritz suchte mit seinem Blick die Regale ab.

Die Bibliothekarin schüttelte den Kopf: »Nein, natürlich nicht. Von den ersten Bibeln sind nur wenige Reste erhalten. Sie liegen in irgendwelchen Museen.«

»Aber wer hat die Bücher der Bibel ursprünglich geschrieben?«

»Das ist eine lange verwickelte Geschichte. Das, was wir heute ›Schriftsteller‹ oder ›Autor‹ nennen, gab es im Altertum noch nicht. In den Büchern der Bibel erzählen Menschen die Geschichten, die sie mit ihrem Gott erlebt haben. Und diese Geschichten haben sie zunächst mündlich weitergegeben. Der Vater hat sie dem Sohn erzählt, die Mutter der Tochter, der Lehrer den Schülern, der Geschichtenerzähler der Sippe am abendlichen Lagerfeuer. Sie wurden erzählt von einer Generation zur nächsten. Irgendwann hat sie einer aufgeschrieben. Ein anderer hat sie weitergeschrieben. Ein dritter hat wieder etwas hinzugefügt. Die Bibel ist nicht wie ein Komet auf die Erde gefallen, sondern langsam gewachsen, Schicht um Schicht. Forscher haben versucht, diese Schichten voneinander zu lösen, um genau zu bestimmen, wie die Bibel entstanden ist. Doch das ist ihnen nur unvollständig gelungen.«

»Aber ein paar Erzähler kennt man doch«, setzte Moritz nach. »Wie diesen Johannes.«

»Genau, aber ich erkläre es dir am besten mit unser Bilderbibel aus dem 19. Jahrhundert. Die Illustrationen sind so etwas wie ein altertümlicher Comic. Ich habe gesehen, du liest ja Comics. Man kann diese Bibel lesen oder einfach die Bilder durchgehen und man bekommt dieselbe Geschichte erzählt.«

Langsam und behutsam blätterte Moritz die erste Seite um. Sie knisterte laut und kam ihm richtig schwer vor.

»Wer ist denn das?«, fragte er.

»Das ist Mose.«

»Der sieht aber streng aus.«

»Findest du? Von Mose wird erzählt, dass er überhaupt das Volk Israel gegründet hat. Die Israeliten waren eine kleine unterdrückte Minderheit, die in Ägypten lebte. Mose hat sie aus der ägyptischen Sklaverei befreit und durch die Wüste in das gelobte Land, nach Israel, geführt. Das hat er natürlich nicht allein getan. Der Gott der Vorfahren, der Gott Jakobs, hat dem fliehenden Volk geholfen und es vor den Ägyptern beschützt. Dieser Gott hat in der Wüste mit dem Volk Israel einen Bund geschlossen, einen Vertrag. Das Volk verpflichtete sich, nur ihn anzubeten, und er verpflichtete sich, das Volk als seinen Bündnispartner anzusehen und zu bewahren. Auf dem Berg Sinai hat Gott Mose die Regeln seines Bundes gegeben: zwei Steintafeln mit den Zehn Geboten. Darin stand, dass es verboten war, andere Götter anzubeten, sich ein Bild von Gott zu machen und den Namen Gottes zu entehren, den Feiertag zu brechen, die Eltern zu verachten, zu töten, die Ehe zu brechen, zu stehlen, zu lügen, neidisch und gierig zu sein. Hier, auf dem nächsten Bild siehst du, wie Mose dem Volk die Zehn Gebote zeigt.«

Moritz staunte: »Mose muss ganz schön stark gewesen sein. Diese beiden Steintafeln sehen nicht gerade leicht aus.«

»Ja, dabei war Mose alles andere als ein Superman. Er konnte zum Beispiel nicht richtig sprechen. Es heißt, er hatte eine schwerfällige Zunge. Wahrscheinlich hat er gestottert. Aber sieh mal die Kraft in seinen Augen, wie er das Volk mit seinem Blick bändigt. Diese Augen finde ich noch beeindruckender als seine Muskeln, mit denen er die massiven Steintafeln hochstemmt. Das ist Mose, ein Gottesmann. Er muss ungefähr im 13. Jahrhundert vor Christus gelebt haben. Manche Historiker meinen, er sei ein Ägypter gewesen. Andere sagen, dass die Israeliten nie in Ägypten gewesen seien, zumindest nur eine winzig kleine Gruppe, und der Rest habe schon immer in Israel gelebt, wenn auch als arme Knechte ohne eigenen Landbesitz. Wieder andere Forscher glauben, dass es Mose gar nicht gegeben hat, dass er eine Erfindung ist beziehungsweise dass es mehrere waren, die später zu der einen Person gemacht worden sind, der man all die Taten und Geschichten zuschrieb.«

Moritz zog die Augenbrauen hoch.

»Wie auch immer«, fuhr sie fort, »jedenfalls kamen die Israeliten ins Gelobte Land, ihre neue Heimat. Dort gründeten sie ein Königreich. Um das Jahr 1000 vor Christus herum. Mach doch mal weiter.«

Moritz blätterte einige Seiten um, dabei kam ihm ein ungewohnter Geruch in die Nase. Es roch nach altem Staub, aber keineswegs unangenehm. Wieder wirbelten Staubkörner auf. Moritz musste niesen.

»Gesundheit!«

»Danke!«

Er wischte sich die Nase mit dem Handrücken ab.

»Brauchst du ein Taschentuch?«

»Nicht nötig«, antwortete er und wischte sich den Handrücken an seiner Hose ab.

»Das hier ist David«, sagte die Bibliothekarin, »der wichtigste König Israels. Unter ihm wurde das kleine Land kurzfristig zu einer richtigen Großmacht. Jerusalem war die Hauptstadt. Hier stand der Tempel, ein prächtiges Gebäude, kostbar geschmückt. Aber Israel war bedroht. Großreiche im Osten wollten es erobern. Das war die Zeit der Propheten.«

»Was sind denn Propheten?«

»Gesandte Gottes. Propheten haben von Gott eine Botschaft empfangen, die sie dem Volk weitersagen. Die Propheten waren Sturmboten. Sie sahen das kommende Unheil. Sie sahen auch, wie die Israeliten sich von ihrem Gott entfernten und wie die Oberen die Unteren ausbeuteten und das Recht brachen. Sie sahen, wie die Israeliten ihrem Gott untreu wurden und den Bund mit ihm zerstörten. Das konnte nicht gut gehen. Die Propheten sahen eine furchtbare Katastrophe voraus: Andere Völker würden kommen und Israel erobern, seine Städte und Tempel zerstören, die Menschen aus ihrer Heimat vertreiben.«

Um seine Beine kurz zu entlasten, stützte sich Moritz mit beiden Armen auf dem Bücherwagen ab. Dann fragte er: »Woher wussten sie das? Konnten sie hellsehen?«

Da begann der Bücherwagen unter dem Druck von Moritz' Armen langsam loszurollen. »Uups«, Moritz schreckte hoch. »'tschuldigung«, nuschelte er und zog den Wagen wieder zurück.

»Macht nichts. Um deine Frage zu beantworten: Die Propheten selbst sagten, dass Gott ihnen die Zukunft vorausgesagt habe. Oft haben sie sich allerdings mit ihren Prophezeiungen auch getäuscht. Aber die Prophezeiungen waren gar nicht das Entscheidende. Das eigentlich Wichtige war, dass die Propheten ihren Gott, den Gott Israels, in einem anderen, ganz neuen Licht sahen. Damals hatte ja jedes Volk seinen besonderen Gott. Wie die Israeliten hatten auch die Assyrer, Babylonier, Moabiter – und wie sie alle hießen – ihren eigenen Gott. Insofern unterschied sich die Religion der Israeliten gar nicht so sehr von der Religion der Nachbarvölker. Das änderte sich erst mit den Propheten. Sie sahen in Jahwe – so hieß ihr Gott – mehr als einen Gott, der speziell für Israel zuständig war, über ihr Land herrschte und wachte. Für sie war Jahwe kein Volksgott unter andern. Sie begründeten den Monotheismus.«

»Schon wieder so ein Wort, das ich noch nie gehört habe.«

»Monotheismus ist der Glaube, dass es überhaupt nur einen Gott gibt. Anders als ihre Zeitgenossen glaubten die Propheten nicht, dass es mehrere Götter geben könne. Ihr Gott war der Einzige, der Schöpfer der ganzen Welt, der Herr aller Völker und der gesamten Geschichte.

Das war für sie entscheidend, um die nahende Katastrophe zu verstehen. Denn eigentlich bedeutete der Untergang eines Volkes auch das Ende seines Gottes. Verlor ein Volk einen Krieg, dann zeigte dies doch, dass sein Gott schwächer war als der Gott der Sieger. Die Propheten brachen mit diesem Glauben: Wenn jetzt großes Unglück über Israel herabkam, dann war das nicht ein Zeichen der Schwäche, sondern der Stärke ihres Gottes. Denn ihr Gott konnte sich auch gegen das eigene Volk wenden. Er lenkte die Geschichte, auch die feindlichen Großreiche waren seine Instrumente.«

»Selbst wenn er sie gegen sein eigenes Volk richtete?«

»Selbst dann! Aber noch etwas war neu am Gott der Propheten. Er hatte kein großes Interesse mehr an Tieropfern. Tieropfer waren damals ein Herzstück aller Religionen. Die Menschen gaben das, was ihnen besonders wertvoll war, ihrem Gott und erhielten im Gegenzug von ihm Schutz und Hilfe. Doch dem Gott der Propheten reichte es nicht, wenn die Menschen fromm in den Tempel gingen, dort die vorgeschriebenen Gebete sprachen und ihm Tiere schlachteten. Mit solchen Opfern ließ er sich nicht abspeisen. Er wollte mehr. Er wollte, dass die Menschen sich selbst gaben, dass sie ihr Herz änderten, dass sie sich in ihrem alltäglichen Leben außerhalb des Tempels an sein Recht und seine Gerechtigkeit hielten. Diesen gerechten Gott der ganzen Welt predigten die Propheten. Es hörte nur keiner auf sie. Darum waren sie sehr einsame Männer. Weiter hinten gibt es schöne Bilder von ihnen.«

Das gemeinsame Bibel-Comic-Lesen machte Moritz Spaß. In der Schule war Geschichte, neben Sport, sein Lieblingsfach. Aber hier gab es eine Spezialstunde nur für ihn und das von einer Lehrerin, die viel jünger, hübscher und lebendiger war als die Lehrer in der Schule.

»Da sind ja die Propheten!«, sagte sie.

Das Bild, das Moritz aufgeschlagen hatte, zeigte eine Gruppe wüst dreinschauender und wütend rufender Männer.

»Wie sehen die denn aus?«

»Die Propheten waren wilde Kerle, bestimmt nicht ganz normal. Sie hielten sich nicht an die üblichen, bürgerlichen Regeln. Der hier mit den zerzausten Haaren und dem aufgerissenen Mund ist Hosea. Er hat bewusst etwas getan, was damals als große Schande galt: Er hat eine Hure geheiratet. Das sollte ein Zeichen sein. Er wollte den Israeliten den Spiegel vorhalten: So, wie er mit einer untreuen Frau zusammenlebte, so musste Gott ein Volk ertragen, das anderen Göttern nachlief. Ein anderer lief nackt durch die Straßen von Jerusalem, weil Israel bald nackt und bloß dastehen würde. Wenn du jetzt mal weiterblätterst – genau, bis hier –, dann kommt Jesaja. Der hatte eine erstaunliche Vision. Er hat Gott selbst gesehen. Dieses Bild zeigt, was er geschaut hat. Jesaja war im Tempel und plötzlich erschien ihm Gott. Der saß auf einem hohen Thron. Engel mit sechs Flügeln umgaben ihn. Die sangen: ›Heilig, heilig, heilig ist der Herr der Heerscharen, alle Lande sind seiner Ehre voll!‹ Ihr Gesang brachte den Tempel zum Beben. Alles war voller Rauch. Jesaja packte die Furcht: ›Wehe mir, ich vergehe. Denn ich bin ein unreiner Mensch und lebe in einem unreinen Volk!‹ Da kommt ein Engel zu ihm herabgeflogen und berührt seinen Mund mit einer glühenden Kohle. So wird Jesaja rein. Und Gott gibt ihm einen merkwürdigen Auftrag. Er soll das Volk verstocken. Er soll zum Volk in einer Weise sprechen, dass es nichts versteht und sich nicht bessert. Denn Unheil soll über das Volk hereinbrechen und alles zerstören. Nur ein kleiner Teil soll gerettet werden.«

»Und die anderen müssen alle sterben? Das ist doch grausam«, protestierte Moritz.

»Ja, das ist grausam. Eine schreckliche Strafe. Dabei ist der Gott der Propheten und des Alten Testaments nicht nur der strafende, sondern auch der liebende Gott. Es gibt bei den Propheten auch wunderbare Sätze über die Güte und Wärme Gottes, darüber, wie er den Menschen verzeiht, wie er sich um sie kümmert wie eine liebevolle Mutter. Beides steht nebeneinander.«

Moritz schlug gleich mehrere Seiten um. Sie knackten laut.

»He, nicht so schnell, geh mal eine Seite zurück. Denn hier kommt der Lieblingsprophet aller Bibliothekare: Hesekiel, der Buchesser. Dem reicht Gott eine Buchrolle vom Himmel herab. Die soll Hesekiel aufessen, damit ihm die Botschaft in Fleisch und Blut übergeht. Sieh mal, wie er das Buch verschlingt. Richtig gierig sieht er aus.

Die Buchrolle schmeckte ihm gut. Sie war süß wie Honig. Aber sie lag ihm schwer im Magen.«

»Das ist doch Quatsch! Seit wann schmecken Bücher nach Honig?«

»Na klar, das ist eine seltsame Vorstellung. Aber das meiste von dem, was die Propheten in ihren Offenbarungen sahen und hörten, geht über unsere Vorstellungskraft hinaus. Es widerspricht dem gesunden Menschenverstand. Trotzdem liegt eine tiefere Ahnung, ein geheimer Sinn in diesen merkwürdigen Bildern und Visionen.«

Die beiden waren so in ihr Gespräch vertieft, dass sie nicht merkten, wie eine ältere Frau zu ihnen kam.

»Ach, hier sind Sie. Ich habe vorn schon ein paar Mal gerufen. Ich will meine Bücher abgeben und hab's eilig.«

»Entschuldigung«, sagte die Bibliothekarin. »Wir haben uns so gut unterhalten, dass wir Sie nicht gehört haben. Ich komme sofort.« Und zu Moritz gewandt: »Ich bin gleich wieder da. O. K.?«

Moritz sah den beiden nach. Die ältere Frau musste wohl eine ganze Ladung Bücher mitgebracht haben. Jedenfalls kam die Bibliothekarin nicht sofort zurück. Ihm wurde die Zeit lang. So eine blöde Unterbrechung! Unschlüssig blätterte er in der großen Bilderbibel. Ungeduldig trat er von einem Bein aufs andere. Er atmete auf, als sie endlich wiederkam.

»Da bin ich. Wollen wir weitermachen?«

»Klar!« Moritz nickte.

»Ah, ich sehe, dass du zu Jeremia vorgeblättert hast. Er

ist einer der interessantesten Propheten, aber auch einer der traurigsten. Er war immer allein. Keiner hat ihn verstanden. Man spürt seine Einsamkeit, wenn man ihn da stehen sieht – auf einem Berg gegenüber von Jerusalem. Er betrachtet die Stadt. Was für eine Angst und Trauer in seinem Gesicht liegt! Noch ist alles friedlich. Es ist Nacht. Die Leute von Jerusalem schlafen. Aber Jeremia sieht vor seinem inneren Auge, wie diese Stadt schon bald von wilden Soldatenhorden erobert und zerstört wird.«

Moritz hatte genug von diesen Männern mit ihren wüsten Bärten und ihren stechenden Blicken. Er schüttelte den Kopf.

»Also, ich möchte kein Prophet gewesen sein. Das ist doch ein unheimlicher Glaube.«

»Mag sein, es hat sich auch keiner der Propheten über seine Offenbarung gefreut. Die meisten haben versucht, ihrer Berufung auszuweichen. Doch vergeblich. Gott war über sie gekommen und hatte ihr Leben verwandelt. Sie mussten ihrem Auftrag folgen. Sie konnten gar nicht anders. Aber schließlich ist es nur diesen Männern und ihren Jüngern zu verdanken, dass es das Volk Israel heute noch gibt. Alle anderen Völker der damaligen Zeit sind untergegangen. Die großen Völker der Assyrer, Ägypter, Babylonier, Perser, Griechen und Römer haben die kleinen Völker vernichtet, bevor sie selbst ausgelöscht wurden. Von den kleinen Ammonitern, Kanaanitern, Moabitern, Edomitern und all den anderen ist nichts geblieben. Ihre Könige wurden getötet, die Tempel zerstört, ihre

Götter umgestoßen und damit war ihre Geschichte beendet. Dieses Schicksal drohte den Israeliten ebenfalls. Auch ihre Könige wurden getötet oder verschleppt, Jerusalem erobert und zerstört, der Tempel angezündet und niedergerissen. Israel war bald nach David in zwei Königreiche geteilt worden. Zuerst eroberten die Assyrer – das war 722 vor Christus – das Nordreich, dann machten die Babylonier 150 Jahre später das Südreich nieder. Davon gibt es hier auch Bilder.«

Moritz blätterte.

»Genau, hier siehst du, wie sie Jerusalem in Schutt und Asche legen. Was für ein Gemetzel! Ein Großteil der Bevölkerung wird umgebracht, die Oberschicht wird nach Babylon verschleppt. Die Israeliten bauten zwar bald danach einen zweiten, kleineren Tempel in der Stadt. Doch nach einer ganzen Reihe von weiteren Kriegen zerstörten die Römer im Jahr 70 nach Christus endgültig Jerusalem und seinen Tempel und vertrieben die Israeliten aus ihrem Land. Die Israeliten hatten nun nichts mehr: keine Heimat, keine Führung, keinen Tempel. Aber der Bund mit Gott blieb bestehen. Und dieser Bund bewahrte sie durch alle Niederlagen und Zerstörungen hindurch. Die Propheten hatten den Israeliten etwas gegeben, das sie zusammenhielt: einen Gott, der die ganze Welt regiert. Ihre Schüler und Nachfolger schrieben ihre Einsichten und Lehren in ein großes Buch, die hebräische Bibel. Und weil die Israeliten dieses beides hatten – den einen allmächtigen Gott und das eine Buch, das ihr Leben lei-

tete –, darum überlebten sie als Volk und Religions-
gemeinschaft. Darum gibt es sie heute noch, im Unterschied zu den Ammonitern, Kanaanitern und all den
anderen damaligen kleinen Nachbarvölkern. Das ist die
Geschichte der jüdischen Bibel.«

Die Bibliothekarin sah von der Bibel auf und schaute
Moritz an, als ob ihr Gespräch jetzt zu Ende sei. Noch
nicht, dachte er. Er wollte nicht wieder allein sein. Er
wollte weitermachen, bei ihr sein und mit ihr reden.
Irgendeine Frage musste ihm jetzt einfallen, eine gute
Frage, die sie zu einer längeren Erklärung zwingen würde. Zum Glück, endlich fiel ihm etwas ein.

»Aber das ist ja nur die Geschichte der einen Hälfte der
Bibel. Worum geht es im Neuen Testament?«

»Du bist aber neugierig!« Sie lächelte ihn an. »Also, das
Neue Testament erzählt, wie aus dem frühen Judentum
das Christentum hervorging. Es erzählt vor allem von
Jesus. Auch er war eine Art Prophet, ein Wanderprediger,
der den Menschen in Israel verkündigte, dass das Reich
Gottes sehr bald kommen werde. Über ihn gibt es viele
Geschichten. Auch sie wurden zunächst mündlich von
seinen Freunden und Anhängern weitergegeben. Etwa
vierzig Jahre nach seinem Tod fing man an, diese
Geschichten aufzuschreiben. Es entstanden die Evangelien, die die Geschichte vom Leben Jesu und seiner Lehre
nacherzählen. Sie sind nicht ganz einheitlich. Im Neuen
Testament gibt es vier Evangelien: von Matthäus, Mar-
kus, Lukas und Johannes. Jeder bietet ein eigenständiges

Bild Jesu. Nachdem Jesus gestorben war, gründeten seine Jünger eine Gemeinschaft. Sie verbreiteten die Botschaft von Jesus und gewannen Juden, aber auch Menschen aus anderen Völkern für ihre Sache. Der wichtigste dieser Apostel, also Botschafter Jesu, ist Paulus. Von ihm stammen eine Reihe Briefe, die auch ins Neue Testament aufgenommen wurden. Mit ihm lösten sich die Christen vom Judentum.«

Sie schlug die Bibel zu und schüttelte sich den Staub von den Händen. He, dachte Moritz, nicht jetzt schon Schluss machen! Bloß nicht! Schnell setzte er nach: »Aber worin unterscheidet sich das Christentum vom Judentum?«

»Du kriegst ja gar nicht genug. Eigentlich muss ich noch ein bisschen was tun.«

Sie blickte kurz auf ihre Uhr.

»Ach, egal! Oft kommt es ja nicht vor, dass jemand so interessiert ist wie du. Das macht Spaß. Aber deine Frage ist nicht so einfach. Es ist nicht leicht zu sagen, wo genau sich die Wege trennten. Jesus selbst hat sich als Jude verstanden, nicht als Begründer einer neuen Religion. Aber er ging sehr frei mit dem Glauben der Väter um. Er hat sich auf einige wenige Grundgedanken des frühen jüdischen Glaubens konzentriert und sie mit neuem Leben erfüllt. Anderes, was frommen Juden damals wichtig war, hat er beiseite geschoben oder zumindest in den Hintergrund gedrängt. Für ihn ging es nur um zwei Dinge: Gottesliebe und Nächstenliebe. Er wollte zeigen, dass Gott niemand ist, vor dem man Angst haben muss. Gott ist wie ein guter Vater. Er verzeiht denen, die schuldig geworden sind. Kein Weg ist ihm zu weit, um die wiederzufinden, die sich verirrt haben. Darum heißt seine Lehre ›Evangelium‹, das ist das griechische Wort für ›frohe Botschaft‹.

Das andere ist die Nächstenliebe. Die hat Jesus natürlich nicht erfunden. Dass man seinen Nächsten lieben soll, steht schon im Alten Testament. Aber es steht dort gleichberechtigt neben vielen anderen Regeln und Gesetzen. Jesus hat sich ganz auf dieses eine Gebot konzentriert. Wer seinen Mitmenschen liebt, der erfüllt schon den ganzen Willen Gottes. Wie man sich im Tempel verhalten, was man opfern, wie man den Feiertag bewahren, was man essen und anziehen soll, das ist alles zweitrangig. Außerdem hat Jesus die Nächstenliebe ausgeweitet und radikalisiert. Es genügt nicht, nur seine Verwandten, Freunde und Nachbarn zu lieben. Man soll auch seine Feinde lieben.«

»Wie soll denn das gehen? Wenn einer mein Feind ist, mich angreift oder töten will, dann kann ich ihn doch nicht lieben!«

»Jesus hat gemeint: ›Wenn einer dich auf eine Wange schlägt, dann sollst du ihm auch die andere hinhalten. Wenn dir einer den Rock nimmt, dann gib ihm auch den Mantel.‹«

Moritz zog die Augenbrauen hoch.

»Klasse Idee! Das müssen Sie mal in meiner Schule erzählen. Mit so einer Einstellung kann man sich gleich einsargen lassen. Wenn einer mir die Jacke abzieht, gebe ich dem doch nicht auch noch meine Schuhe.«

»Ja, das klingt weltfremd und fantastisch. Trotzdem ist es ein unendlich wichtiger Gedanke. Dass Gewalt keine Probleme wirklich löst. Dass der einzige Weg zum Frieden die Liebe ist. Findest du nicht?«

Sie sah ihn an und Moritz sah zurück, aber nur für einen Moment. Dieser Augenblick tat gut, aber irgendwie machte er Moritz auch unsicher. Um davon abzulenken, fragte er schnell: »Wie hat Jesus denn ausgesehen?«

Sie schlug die große Bilderbibel wieder auf.

»Oje«, sagte Moritz, als sie ein Bild Jesu gefunden hatte. »Sieht der blöd aus!«

»Stimmt«, lachte die Bibliothekarin. »So hat man im 19. Jahrhundert Jesusbilder gemalt: mit langen gewellten Haaren, gepflegtem Bart, einem wallenden Umhang und vor allem diesem sanften Augenaufschlag Richtung Himmel. Wie ein Hippie zum Knuddeln.«

»Fehlen nur noch die Jesuslatschen.«

»Ja, das ist kitschig und viel zu süßlich. Jesus konnte auch hart sein, sich streiten und kämpfen. Trotzdem muss er die Menschen ganz besonders fasziniert und angezogen haben. Er hat die Liebe nicht nur gelehrt, sondern auch gelebt. Das muss man bei ihm gespürt haben. Seine Freunde und Anhänger glaubten, dass mit ihm eine neue Zeit beginnen würde. Wo Jesus war, da war Gott – ganz nah und unmittelbar. Da war Liebe mehr als ein Wort. Da wurde das sonst so armselige Leben zu einem Fest.«

»Und das haben die andern Juden nicht geglaubt?«

»Genau, sie konnten in Jesus nicht den Messias, den gesalbten göttlichen Heilsbringer sehen. An diesem Punkt lösten sich die Jünger Jesu vom Judentum. Das Wichtigste war der Glaube an Jesus. Die Gesetze und Regeln des Alten Testaments verloren an Bedeutung. Die Zehn Gebote gelten natürlich auch für die Christen. Aber das Entscheidende sind nicht mehr die im Alten Testament aufgeschriebenen Rechtsvorschriften, sondern der Geist Jesu. Damit hängt ein anderer wichtiger Unterschied zusammen: Der Gemeinschaft der Christen konnte jeder beitreten, egal, ob er ein gebürtiger Jude, Grieche, Römer oder Germane war. Keiner hat das so klar und konsequent gesagt wie Paulus. Bei ihm kann man deutlich sehen, wie eine neue Geschichte beginnt, die Geschichte des Christentums.«

»Hat dann das Alte Testament für die Christen keine Bedeutung mehr?«

»Nein, das kann man so nicht sagen. Sonst hätten sie nicht so heftig darüber debattiert, welche Teile des Alten Testaments in ihre Bibel hineingehören und welche nicht. Es dauerte lange, bis sie sich einigten. Die anderen Bücher, die nicht aufgenommen wurden, sind zum Teil erhalten geblieben. Man nennt sie die Apokryphen.«

Sie wollte weiterreden, doch sie hörten plötzlich, wie jemand am Eingang nach ihr rief. Sie sah auf die Uhr.

»Oh, so spät! Wir haben uns ja ganz schön festgeplaudert. Das war toll! Es ist so lange her, dass ich das alles studiert habe. Aber jetzt muss ich leider nach vorn. Vielleicht machen wir irgendwann mal weiter. Hast du Lust?«

»Na klar!«

Sie standen auf, legten die Bibel beiseite und klopften sich den Staub von den Händen. Die Bibliothekarin wandte sich um und ging schnell nach vorn.

Moritz setzte sich wieder in seinen Sessel. Er wollte seine Comics noch zu Ende lesen. Als er auf seinem Kickboard die Bücherei verließ, war die Bibliothekarin nicht zu sehen. Er hätte sich gern von ihr verabschiedet.

5.

Mam war kaum durch die Wohnungstür, da rief sie – noch alle Einkaufstüten in der Hand – laut nach Moritz. Unwillig stand er von den Hausaufgaben auf, öffnete seine Zimmertür und schaute in den Flur.

»Ich habe gerade auf dem Markt deinen Mathelehrer getroffen. Warum hast du denn nichts gesagt? Ich bin aus allen Wolken gefallen. Dein Lehrer war entsetzt, dass ich von nichts wusste. Ich bin mir vorgekommen wie eine dumme Gans. Moritz, wir müssen endlich miteinander reden. So kann das nicht weitergehen. Ich stell nur kurz die Sachen weg.«

Unschlüssig blieb er in seiner Zimmertür stehen. Was hätte er denn sagen sollen? Dass er nicht mehr sprechen konnte, manchmal wie ein Baby nur sinnlose Brocken daherstammelte? Und was würde das helfen? Moritz ging langsam zur Küche, sah zu, wie Mam mit schnellen, harten Handgriffen die Einkäufe einräumte. Warum hatte sie es immer so eilig? Sie war so hektisch, dass Moritz vom bloßen Zuschauen nervös wurde.

Mam öffnete ein Paket Eier, riss die Kühlschranktür auf, da fiel ihr ein großes braunes Ei aus den Händen und zerschlug auf dem Boden. Sie schrie und plötzlich sah sie so verzweifelt aus, als müsste sie gleich in Tränen ausbrechen. Moritz zog ein Papiertuch aus seiner Hosentasche und bückte sich, um die klebrige Eimasse aufzuwischen.

»Doch nicht mit einem Taschentuch! Du verschmierst nur alles! Lass mich das machen.« Mam drehte sich von ihm weg zur Spüle. »Tritt bloß nicht rein.«

Da ging Moritz rückwärts aus der Küche. Leise log er noch: »Ich muss los. Bin verabredet. Bis später!« Und bevor seine Mutter etwas sagen konnte, war er schon im Flur, griff sich Jacke und Kickboard, öffnete die Tür – und raus! Er sprang die Treppen mit riesigen Sätzen hinunter, aber diesmal nicht wie im Spiel, sondern wie auf der Flucht.

Er fuhr herum, auch ins Einkaufszentrum, ziellos an Geschäften vorbei, bis er zu einem Laden mit Süßigkeiten kam.

Keine halbe Stunde später rollte er in Zimmer 115 ein. Frau Schmidt saß genau so da, wie er sie verlassen hatte: auf ihrem Sessel, vor sich den kleinen Tisch mit einem Becher Tee.

»Ich komme, Schulden bezahlen«, begrüßte er sie und zückte eine Tafel Bitterschokolade.

»Oh, ein Engel auf Rädern«, lachte Frau Schmidt. »Und dazu noch einer mit roten Haaren.«

Moritz hatte sich gestern im Badezimmer selbst die linke Haarhälfte gefärbt. Aber er war mit dem Ergebnis nicht recht zufrieden. Er hatte sich das Rot kräftiger und leuchtender vorgestellt.

Nachdem er auch Frau Sperling Guten Tag gesagt hatte, setzte er sich zu Frau Schmidt auf das Bett und gab ihr die Schokolade. Die alte Frau öffnete die Tafel, brach einen Riegel ab und steckte ihn sich in den lächelnden Mund.

»Hmm! Möchtest du auch?«, fragte sie.

Moritz schüttelte den Kopf. Bitterschokolade fand er eklig.

Einen Moment saßen sie stumm nebeneinander. Die alte Frau aß genüsslich Riegel um Riegel. Moritz wusste nicht, wie er ein Gespräch beginnen sollte. Nur um sie zum Sprechen zu bringen, fragte er schließlich: »Und wie geht es Ihnen?«

»Wie es mir geht? Ach, wie soll es mir gehen? Es geht. Ich habe ja nicht mehr viel zu erwarten. So ist es eben mit uns Menschen: Wir kommen mit leeren Händen und wir gehen auch mit leeren Händen. Nicht dass ich klagen will. Die Hauptsache ist doch, dass das eigene Herz nicht leer ist. Und mein Herz ist immer noch gut gefüllt. Zum Glück! In ihm habe ich meine Erinnerungen und meinen Glauben.«

Moritz wartete einen Moment, bis Frau Schmidt das letzte Stück Schokolade aufgegessen hatte.

»Das ist jetzt vielleicht eine blöde Frage, aber wie macht man das: glauben?«

»Das ist gar keine blöde Frage. Im Gegenteil, nur ist sie nicht so leicht zu beantworten. Obwohl der Glaube eigentlich nichts Schwieriges oder Kompliziertes ist, für

69

mich jedenfalls nicht. Für mich ist der Glaube etwas Einfaches. Er gehört selbstverständlich zu meinem Leben. Man muss nicht furchtbar viel wissen oder gelesen haben, um glauben zu können. Man muss nur eins: vertrauen können. Dazu muss man mit einem inneren Ohr hören und mit einem inneren Auge sehen können. Ich kann das schlecht mit Worten beschreiben. Meinem alten Volksschullehrer ist es gelungen, uns Kindern den ganzen Glauben mit nur einer einzigen Handbewegung zu beschreiben. Er legte seine Hände aneinander, so als ob sie einen kostbaren Schatz halten und beschützen würden. Dann sagte er zu uns: ›An Gott glauben, das heißt zu spüren, dass wir in seiner Hand geborgen sind.‹ Das war alles. Mehr hat er nicht gesagt. Aber ich habe es nicht vergessen. Und genau das ist noch heute für mich der ganze Glaube. Was seine Hände mir damals gezeigt haben, das fühle ich immer noch. Mein alter Lehrer war ein besonderer Mensch. Bei ihm waren wir still, und zwar nicht, weil er so streng gewesen wäre. Wenn er vor uns stand, hatten wir das Gefühl, dass er jeden von uns einzeln anschaute und ansprach. Er stand vor uns, sah uns an und jedes von uns Kindern hatte das Gefühl: Es geht um mich. Vielleicht konnte er uns deshalb so gut den Glauben erklären. Ich sehe ihn jetzt noch vor mir. Und das nach über achtzig Jahren! Merkwürdig, wie einige Lehrer einen prägen.«

»Und andere nicht«, setzte Moritz hinzu.

Doch Frau Schmidt überhörte es und fuhr fort: »»Ohne

den Glauben wärt ihr wie das liebe Vieh.‹ Das hat er immer zu uns gesagt. Er hat es ernst gesagt und mit einem Lachen. Weißt du, Moritz, man braucht im Leben einen Glauben. Man muss sich an etwas festhalten. Man braucht ein inneres Zuhause. Wenn du nichts glaubst, dann bist du nichts, nur ein kleiner Mensch in einer harten Welt.«

»Ich kenne niemanden, der noch glaubt. Das tun heute nur noch die alten Leute.«

»Vielleicht stimmt das. Bei uns haben viele den alten Glauben vergessen. Vielleicht geht es ihnen zu gut und Wohlstand, Sicherheit und Frieden lenken sie ab. Früher habe ich mich immer an dem Spruch gestoßen: ›Not lehrt beten.‹ Du hast ihn bestimmt schon oft gehört. Ich fand diesen Spruch von jeher falsch. Ich weiß, was Not ist. Ich bin ihr in meinem Leben oft genug begegnet. Not ist schlimm, sie lehrt einen auch schlimme Dinge und man möchte nur, dass sie ein Ende findet. Außerdem kann man genauso gut beten, wenn man glücklich ist. Aber etwas ist dennoch dran an diesem dummen Spruch. Wohlstand ist jedenfalls selten ein guter Lehrer für das Leben und für den Glauben. Man ist so mit sich selbst zufrieden, dass man meint, sonst nichts zu brauchen. Manchmal muss man an einen Abgrund kommen, um in die Tiefe zu schauen. Dann spürt man, dass es im Leben nur darum geht, dass man vertrauen und lieben kann. Man begreift, dass es nicht genügt, alles zu besitzen und irgendwelchen hübschen Sachen nachzujagen. Man hat plötzlich das Bedürfnis, sich an etwas festzumachen und sich nicht länger durch das Leben treiben zu lassen. Wenn man nackt und bloß dasteht, wird einem klar, dass das meiste, was uns beschäftigt, unendlich unwichtig ist. Und dass es im Letzten nur auf zwei Dinge im Leben ankommt: dass man glaubt und seinen Glauben lebt. Oder sich zumindest ernsthaft darum bemüht.«

»Aber was bringt einem das: glauben?«

»Ach, ob es etwas bringt, weiß ich nicht!« Frau Schmidt zuckte die Schultern. »Aber eines weiß ich sicher. Wenn ich ihn nicht gehabt hätte, hätte ich all das nicht überstanden: den Krieg, die vielen Toten, die Flucht, das Heimweh, den Hunger, die Krankheiten, die Einsamkeit.«

»Andere haben es nicht überstanden. Was ist mit deren Glauben?«

»Der Glaube kann zerbrechen. Da hast du Recht. Man kann ihn verlieren. Er ist kein sicherer Besitz. Ich hatte einen Vetter. Der war als frommer Junge in den Krieg gezogen. Als er zurückkam, war er nicht mehr derselbe. Er war im Osten gewesen, sogar in Stalingrad. Er hatte schlimme Dinge gesehen, gehört, erlebt und getan. Körperlich war er unverletzt zurückgekehrt, aber in seinem Inneren war etwas zersplittert. In seinem Leben hat er nie wieder eine Kirche betreten. Er hat mit uns nicht darüber geredet. Manchmal sprach er von den Verbrechen der Kirche, der Inquisition, der Hexenverfolgung und so weiter. Aber ich glaube, das war nicht wirklich, worum es ihm ging.

Bei mir hat der Glaube gehalten und er hat mich bewahrt. Meine Mutter hat immer gesagt: ›Man kann den Glauben an die Menschen verlieren. Aber den Glauben an Gott soll man nie verlieren.‹ Wenn ich heute zurückblicke, denke ich, dass Gott mich geführt hat, durch alles hindurch. Es hatte alles seinen tieferen Sinn, auch das Schlechte, auch das Schreckliche. Merkwürdig, dass ich das so sagen kann, aber so empfinde ich es wirklich. So vieles hat sich gefügt. Es hatte alles einen geheimen Sinn, auch wenn ich es nicht immer gleich bemerkt und verstanden habe. Darum bin ich im Letzten dankbar für mein Leben, mein ganzes Leben. ›Menschen haben es böse mit mir gemeint, aber Gott hat es für mich zum Guten gewendet.‹ So sehe ich mein Leben. ›Menschen haben es böse mit mir gemeint, aber Gott hat es für mich zum Guten gewendet.‹ Das ist ein Vers aus einer Bibelgeschichte. Hast du Zeit? Dann erzähl ich sie dir.«

Moritz nickte. Er hatte Zeit. Außerdem wusste er, dass er der Alten eine Freude machte, wenn er sie erzählen ließ.

»Setz dich ruhig gemütlich hin. Es ist eine lange Geschichte.«

»Auch diese Geschichte spielt vor ewigen Zeiten. Sie handelt von Joseph, einem Sohn von Jakob. Du erinnerst dich: Jakob mit der Himmelsleiter. Viele Jahre nach seiner Flucht war Jakob doch zurückgekehrt in seine Heimat, so wie Gott es ihm versprochen hatte. Und zwar nicht allein, sondern mit einer großen Familie, zwei Frauen – das war damals nichts Ungewöhnliches – und zwölf Söhnen. Er liebte alle seine Söhne, keinen aber liebte er so wie Joseph. Jakob zog ihn allen anderen vor und verwöhnte ihn. Während die anderen als Hirten grobe dunkle Kleidung trugen, spazierte Joseph in einem prächtigen bunten Kleid herum, das ihm sein Vater geschenkt hatte. Er sah darin aus wie ein Prinz.

Es war kein Wunder, dass die Brüder neidisch wurden. Sie schimpften, dass Jakob Joseph so bevorzuge. Und sie hatten mit ihrem Ärger nicht Unrecht. Joseph war zwar ein hübscher, aber auch ein verzogener, arroganter Bengel. Er sah auf seine Brüder herab und verpetzte sie beim Vater.

Einmal hatte Joseph einen wunderbaren Traum und gleich am Morgen erzählte er ihn seinen Brüdern: ›Hört mal, was ich geträumt habe. Ich sah den Himmel. Da waren die Sonne, der Mond und elf Sterne und alle verneigten sich vor mir.‹

Die Brüder wurden sofort wieder wütend: ›Bist du größenwahnsinnig? Willst du etwas Besseres sein als wir? Sollen dein Vater, deine Mutter und wir, deine elf Brüder, uns vor dir verneigen? Willst du unser König sein?‹

Die Brüder konnten Joseph nicht mehr ertragen. Als sie mit den Schafen in der Steppe allein waren, beschlossen sie, ihn zu töten. Sie packten ihn und warfen ihn in eine tiefe dunkle Grube. Joseph schrie und heulte. Er bettelte, sie möchten ihn wieder herausholen. Er drohte, er würde es dem Vater sagen. Aber die Brüder ließen sich nicht erweichen. Sie überlegten gerade, was sie mit ihm machen sollten, da kamen Kaufleute auf Kamelen, eine Karawane, des Wegs. Einer der Brüder sagte: ›Lasst uns Joseph als Sklaven verkaufen. Dann sind wir ihn los, ohne uns mit seinem Blut zu besudeln.‹

Sie zogen Joseph aus der Grube und verkauften ihn. Sie rissen ihm sein buntes Kleid vom Körper, tauchten es in das Blut einer frisch geschlachteten Ziege und erzählten später ihrem Vater, Joseph sei von einem wilden Tier getötet worden. Jakob war verzweifelt. Er war untröstlich.

Mit der Karawane ging es für Joseph auf eine lange Reise. Durch Steppen und Wüsten kam er in eine andere Welt, ins Land der Pyramiden, nach Ägypten. Dort verkauften die Kaufleute Joseph an einen reichen Mann, der hieß Potifar. Joseph arbeitete für ihn, und was er anpackte, das gelang ihm. Bald beförderte Potifar ihn zum Verwalter seines ganzen großen Hauses und aller Diener.

Aber Potifars Frau verliebte sich in Joseph. Er war so schön. Sie wollte, dass er sich zu ihr legte. Doch Joseph weigerte sich. Dass er sie verschmähte, machte sie furchtbar wütend. Sie riss sich die Kleider vom Leib und lief schreiend zu ihrem Mann: ›Joseph wollte mit mir schlafen. Aber ich habe mich geweigert. Da hat er mir sehr wehgetan.‹ Potifar ließ Joseph gefangen nehmen und ins Gefängnis werfen.

Im Gefängnis lernte Joseph zwei ehemalige Diener des Pharaos, des Königs von Ägypten, kennen. Der eine war

Mundschenk gewesen. Er hatte dem Pharao Wein eingeschenkt. Der andere war der Bäcker des Königs gewesen. Beide waren in Ungnade gefallen. Eines Morgens kamen sie zu Joseph. Beide hatten merkwürdig geträumt. Joseph bat sie: ›Erzählt mir eure Träume. Vielleicht sagt mir Gott, was sie bedeuten.‹

Der Bäcker erzählte: ›Ich hatte im Traum drei Körbe auf meinem Kopf. Im obersten Korb lagen köstliche Kuchen. Doch es kamen Vögel und fraßen sie auf.‹ Da antwortete Joseph erschrocken: ›Dieser Traum bedeutet nichts Gutes. Du wirst in drei Tagen sterben.‹

Der Mundschenk erzählte: ›Ich sah einen Weinstock mit drei Reben, die hingen voller Trauben. Ich hielt den Becher des Pharaos, nahm die Trauben, drückte ihren Saft in den Becher und der Pharao trank ihn.‹

›Das ist ein guter Traum‹, erklärte Joseph. ›In drei Tagen wirst du wieder Mundschenk im Palast des Pharaos sein. Wenn du in Freiheit, in Amt und Würden bist, dann erinnere dich an mich!‹

Und so geschah es. Der Bäcker wurde hingerichtet. Aber der Mundschenk wurde freigelassen und wieder in sein altes Amt am Hof des Pharaos eingesetzt. Doch es dauerte, bis er sich an seinen israelitischen Mitgefangenen erinnerte.

Zwei Jahre später quälte den Pharao ein dunkler Traum. Er konnte ihn nicht verstehen. Niemand konnte ihn deuten. Da fiel dem Mundschenk Joseph ein. Man ließ ihn aus dem Gefängnis holen und vor den Pharao bringen. Der Pharao fragte Joseph: ›Ich habe gehört, dass du Träume deuten kannst.‹ Joseph antwortete: ›Ich kann es nicht aus eigener Kraft. Aber Gott wird dem Pharao sagen, was gut für ihn ist.‹

Da erzählte der Pharao seinen Traum: ›Ich stehe am Ufer des Nils. Aus dem Fluss steigen sieben schöne, dicke Kühe. Aber ihnen folgen sieben dürre, hässliche Kühe. Sie fressen die dicken Kühe auf. Sag mir, was soll das bedeuten?‹

Joseph sagte: ›Sieben Jahre lang wird es sehr gute Ernten geben. Dann kommen sieben Dürrejahre. Es wird kein Korn mehr wachsen. Deshalb gebe ich dir einen Rat: Baue große Lagerhäuser und sammle dort in den Jahren der guten Ernten das überschüssige Korn. Dann werden die Menschen auch in den schlechten Jahren zu essen haben.‹

Der Pharao war begeistert: ›Joseph, du sollst mein oberster Verwalter sein. Du sollst die Lager bauen und mit Korn füllen.‹

Und tatsächlich, es kamen sieben große Ernten. Alle hatten genug zu essen und Joseph sammelte Korn in die Lager. Dann folgten die dürren Jahre. Es gab kein Wasser mehr und die Pflanzen auf den Feldern vertrockneten. Da kamen die Menschen zu Joseph und er gab ihnen zu essen.

Eines Tages kamen zehn Männer aus Israel. Es waren seine Brüder. Jakob hatte sie geschickt, um in Ägypten Getreide zu kaufen. Alle seine Söhne hatte er losgeschickt – bis auf einen, Benjamin, den jüngsten. Joseph erkannte seine Brüder sofort. Aber seine Brüder hielten ihn für einen ägyptischen Herrn. Joseph gab sich ihnen nicht zu erkennen, sondern stellte sie auf die Probe. Er trat vor sie hin und rief: ›Ihr Fremden, ihr seid Spione. Ihr wollt unser Land auskundschaften, um es zu überfallen.‹ Die Brüder antworteten erschrocken: ›Nein, Herr, wir sind keine Spione. Wir wollen nur Getreide kaufen für unsere Familie. Unser Vater hat uns geschickt, weil zu Hause Hunger herrscht. Er und unser jüngster Bruder warten auf uns.‹ Doch Joseph unterbrach sie: ›Nun gut, ich will euch so viel Getreide geben, wie ihr braucht. Dann sollt ihr zurückgehen. Aber einer von euch muss als Geisel bei mir bleiben. Und wenn ihr wiederkommt, müsst ihr euren jüngsten Bruder mitbringen.‹

Die Brüder zogen mit gefüllten Getreidesäcken nach Israel zurück und ließen Simeon als Gefangenen da.

Nach einiger Zeit kamen Josephs Brüder zum zweiten Mal, diesmal mit dem kleinen Benjamin. Joseph ließ Simeon aus dem Gefängnis holen. Er lud die Brüder zum Essen ein und redete freundlich mit ihnen. Dann füllte er allen die Säcke mit Korn. Nur in dem Sack von Benjamin versteckte er einen silbernen Becher. Die Brüder ahnten nicht, was Joseph tat. Am nächsten Morgen standen sie früh auf, verabschiedeten sich und zogen davon.

Doch Joseph befahl seinen Dienern: ›Reitet diesen Männern hinterher und haltet sie auf. Einer von ihnen hat mich bestohlen.‹ Schnell hatten die Diener die Brüder eingeholt und zu Joseph zurückgebracht.

›Ihr Diebe, ihr habt mir einen silbernen Becher gestohlen!‹ Die Brüder riefen: ›Wir sind unschuldig. Sieh nach. Bei wem du den Becher findest, der soll sterben.‹ Die Diener fingen an zu suchen und sie fanden den silbernen Becher in dem Sack des kleinen Benjamin. Die Brüder waren entsetzt. Sie warfen sich vor Joseph auf den Boden. Juda flehte: ›Ach, Herr! Nimm mich anstelle von Benjamin. Wenn der Kleine nicht nach Hause kommt, stirbt unser Vater vor Traurigkeit. Er hat schon einmal einen Sohn verloren. Ein zweites Mal würde er das nicht ertragen.‹

Als Joseph das hörte, musste er weinen: ›Seht doch! Ich bin Joseph, euer Bruder. Kommt zu mir und habt keine Angst. Ihr habt es böse mit mir gemeint, aber Gott hat es für mich zum Guten gewendet.‹ Und Joseph umarmte sie und verzieh ihnen alles, was sie ihm angetan hatten. So war es: Menschen hatten es böse mit Joseph gemeint, aber Gott hat es für ihn zum Guten gewendet.«

Frau Schmidt machte eine Pause. Moritz streckte sich. Es war, als ob er aus einem Halbschlaf aufwachte. Sie hatte die Geschichte so ruhig, mit einem langen Atem erzählt. Dass sie keine Eile hatte, dass nichts sie drängte, tat ihm gut. Wieder fiel ihm seine kleine Oma ein. Bei ihr war es ähnlich gewesen. In ihrer Wohnung hatte es keine Uhren gegeben. Jedenfalls konnte er sich an keine erinnern. Stundenlang hatte sie mit ihm gespielt oder ihm vorgelesen. »Was für eine Geduld du mit dem Jungen hast«, hatte

Mam oft gesagt. Merkwürdig, dass ihm dieser Spruch jetzt wieder einfiel.

Moritz reckte sich und gähnte.

»Ist dir die Geschichte zu lang geworden?«, fragte Frau Schmidt.

»Nein, nicht wirklich«, antwortete Moritz und gähnte ein zweites Mal. Die Geschichte hatte ihm gut gefallen. Aber das wollte er nicht sagen.

Sie saßen schweigend nebeneinander. Es war ganz still. Nur aus dem Nachbarbett war ein schweres Atmen zu hören. Doch an Frau Sperling, von der Moritz kaum die Nase sah, hatte er sich schon gewöhnt.

Plötzlich klopfte es und die dicke Schwester kam mit dem Abendbrot herein. Es war Zeit, sich zu verabschieden.

»Auf Wiedersehen«, sagte Moritz.

»Auf Wiedersehen«, sagte die Schwester.

»Auf Wiedersehen, Moritz«, sagte Frau Schmidt. »Es tut gut, wenn mal jemand zum Reden da ist.«

6.

Es war ein Nachmittag, der einfach nicht vergehen wollte. Als litte der Uhrzeiger unter Muskelschwund. Ächzend schleppte er sich von Minute zu Minute, so, wie Moritz sich mühsam Zeile für Zeile durchs Mathebuch quälte. Er hatte sich fest vorgenommen, etwas für die Schule zu tun, damit seine Mutter Ruhe gab und ihn nicht mehr mit ihren Fragen löcherte und mit ihren Sorgen bedrängte. Aber leichter gesagt als getan. Schon zwei Stunden saß er an seinem Schreibtisch, doch nichts hatte er in seinen Kopf hineinbekommen. Immer wieder starrte er auf die bedruckten Seiten. Er hätte sich genauso gut eine hebräische Bibel anschauen können. Immer wieder rutschte sein Blick von den Zeilen und Zahlen, glitt über die Seite hinweg, zum Fenster hinaus, hoch zu den Wolken. Regungslos schaute er den ständig wechselnden Formen nach, versuchte an nichts zu denken, doch immer wieder kam ihm die Bibliothekarin in Erinnerung: ihre rote Jacke, die kurzen schwarzen Haare, vor allem aber ihre Augen und wie sie ihn angesehen hatten.

Schließlich stand er mit einem Ruck auf. Es hatte ja doch keinen Sinn, herumzusitzen und so zu tun, als würde er lernen.

Schon ein paar Minuten später rollte Moritz auf die Bücherei zu. Aber als er die offene Tür sah, wurde er plötzlich unruhig, seine Finger begannen leicht zu zittern. Er schloss beide Hände fest um den Lenkknauf des Kickboards. Er wusste auch nicht, warum, doch sein Herz schlug auf einmal im Hals. Langsam fuhr er hinein, am Eingangstisch saß sie nicht. Moritz war enttäuscht. Weiter also die Regale entlang. Gespannt schaute er in jeden Gang. Aber erst ganz am Ende, zwischen »Comics« und »Religion« fand er sie, an derselben Stelle, an der sie sich unterhalten hatten. Sie stand oben auf einer Leiter und räumte das Regal mit den Religionsbüchern um. Sie trug ein hellblaues, eng anliegendes Kleid. Moritz schaute auf ihren Rücken, ihre schlanken Beine. Sie war zu sehr mit der Arbeit beschäftigt, als dass sie ihn bemerkte. Er sah sie eine ganze Zeit an, wie sie da über ihm stand in ihrem hübschen Kleid. Schließlich räusperte er sich. Jetzt drehte sie sich zu ihm herab.

»Hallo, Moritz!«, rief sie fröhlich.

Moritz war überrascht. Er hatte nicht erwartet, dass sie sich an seinen Namen erinnerte. Er öffnete den Mund, um zurückzugrüßen, doch schon schnappte es zu und heraus kam nur ein »hahaha«. Er brach seinen missglückten Sprechversuch ab und schloss den Mund.

Sie beachtete es gar nicht, sondern stieg langsam mit einigen Büchern die Leiter hinunter, legte sie auf den Wagen und rieb sich den Staub von den Händen. Jetzt stand sie direkt vor Moritz. Sie sah ihn an mit ihren großen dunklen Augen und strich ihm kurz über den Arm.

»Na, guckst du mal wieder vorbei? Das ist nett von dir, Moritz.«

»Hallo«, antwortete Moritz. Es kam ihm leicht und natürlich über die Lippen. Er wunderte sich selbst. Er war nicht in ein tiefes Loch gefallen. Er war nicht abgestürzt. Das war ihm bisher noch nicht gelungen, sich allein aus dem Poltern herauszuziehen. Gleich probierte er den nächsten Satz.

»Wie heißen Sie eigentlich?«

»Sabine. Sabine Lehnerer.«

Moritz spürte, dass die Gefahr vorbei war. Er war wieder auf der sicheren Seite. Jetzt ging es nur noch darum, dass das Gespräch nicht abbrach.

»Und wie geht es Ihnen?«, fragte er unbeholfen. So redeten eigentlich nur Erwachsene. Aber ihm war nichts Besseres eingefallen.

»Ach, vielen Dank, ganz gut. Noch besser würde es mir allerdings gehen, wenn du mich nicht mehr siezt. Wir sind nicht in der Schule. Sag du zu mir, sonst fühle ich mich so alt.«

»Echt?«, fragte er immer noch etwas unsicher.

»Wenn du unbedingt willst, kannst du mich natürlich siezen. Aber dann musst du auch ›Fräulein‹ sagen.« Sie lachte bei dieser Vorstellung. »›Fräulein Sabine‹! Und dann müsste ich dich selbstverständlich auch siezen.«

»O nee, bloß nicht«, jetzt lachte Moritz auch. Seine

Unsicherheit war von ihm abgefallen. Mit der Bibliothekarin war alles so einfach.

Sie streckte sich. »Heute habe ich hier eine einzige blöde Schlepperei. Ich krieg schon einen krummen Rücken und einen schiefen Hals.«

»Soll ich Ihnen helfen?«

»Bitte? Wem willst du helfen?«, grinste sie.

»Äh, ich meine natürlich: Soll ich dir helfen?«

»Ja, das sollst du! Quatsch, du sollst hier natürlich gar nichts. Aber nett wäre es. Wenn du Lust dazu hast. Vielleicht reiche ich dir einfach die Bücher an und du legst sie auf den Wagen. Das spart mir das ewige Rauf- und Runtersteigen.«

Schweigend leerten sie das Regal, bis der Bücherwagen voll war.

»Hilfst du mir dabei, den Wagen in unser kleines Archiv zu bringen?«

»Klar!«

Zusammen – sie vorn, er hinten – schoben sie den schwer beladenen Wagen in einen kleinen Hinterraum.

»Das hier ist mein Refugium«, sagte Sabine und zeigte ihm mit einer ausladenden Handbewegung das Archiv.

»Refugium? Musst du eigentlich ständig griechisch oder hebräisch reden?«

Sie lachte: »Nein, das war zur Abwechslung mal Latein. Das ist mein Rückzugsort. Hier bin ich am liebsten.«

Moritz gefiel das Archiv auch. Es wirkte gemütlicher als der Rest der Bücherei. Hier waren nicht alle Wände mit Regalen voll gestellt. Es gab nur ein großes Regal, in dem altertümliche Bücher standen. An den anderen Wänden hingen bunte Plakate. Es roch auch nicht nach Bücherstaub, sondern nach einem bunten Blumenstrauß, der mitten auf dem Arbeitstisch stand. Durch ein kleines Fenster fiel ein Sonnenstrahl genau auf die Blüten.

Sie luden die Bücher vom Wagen auf den Tisch. Während Sabine zu sortieren begann, schaute sich Moritz, der nichts mehr zu tun hatte, einige der herumliegenden Bücher an. Eines erregte sofort seine Aufmerksamkeit. Es musste schon einige Jahrzehnte alt sein, war an allen Ecken abgestoßen und abgegriffen. Aber es hatte einen Umschlag, der so düster und geheimnisvoll war, dass Moritz nicht von ihm los kam. Es war eine Schwarzweißzeichnung. Sie zeigte ein riesiges verwinkeltes Kellergewölbe wie in einer mittelalterlichen Burg. Vermummte Mönchsgestalten liefen hin und her und an merkwürdigen Geräten hingen gefesselte Menschen.

Neugierig nahm er das Buch in die Hand, hielt es Sabine hin und fragte: »Was ist das denn?«

»Eine alte Geschichte der Inquisition.«

»Inquisition? Was heißt das?«

»Etwas ganz Furchtbares.« Sabine unterbrach ihre Sortierarbeit. »Nicht leicht zu erklären. Wie fange ich an? Vielleicht machen wir einfach eine Pause. Die haben wir uns sowieso verdient. Hast du Durst? Ich hol was zu trinken. Und dann erzähle ich da weiter, wo wir letztes Mal aufgehört haben.«

Sie holte zwei Stühle, zwei Gläser und eine Flasche Mineralwasser. Moritz setzte sich neben sie und trank sein Glas in drei Zügen aus.

»Weißt du noch, wo wir stehen geblieben sind?«

»Beim Neuen Testament und den Akropyphen.«

Moritz war froh, dass er sich daran erinnern konnte.

»Den Apokryphen«, verbesserte sie ihn. »Hey, sehr gut, dass du das noch weißt. Du bist Klasse. Dann sind wir also erst beim Urchristentum. Bis zur Inquisition ist es da noch ein weiter Weg.«

Moritz war rot geworden. Lob war er gar nicht mehr gewohnt. Trotzdem brachte er den nächsten Satz ohne Poltern heraus: »Macht nichts. Ich hör dir gern zu.«

»Echt? Nett von dir, dass du das sagst. Beruht aber auf Gegenseitigkeit. Manchmal ist es hier wirklich furchtbar still und ich rede fast einen halben Tag lang kein einziges Wort. Ist ja nicht gerade viel los bei uns. Und über Bücher kann man sich sowieso nur mit wenigen unterhalten, besonders über Bücher, die mit Religion zu tun haben. Dabei finde ich das so interessant. Mir hat das Studium damals richtig viel Spaß gemacht.«

Sie fuhr sich mit beiden Händen durch die Haare und streckte ihre Beine aus.

»Na gut, tief ist der Brunnen der Vergangenheit. Klettern wir ihn mal ein bisschen hinunter. Also, das Urchristentum war eine winzige Splittergruppe innerhalb des antiken Judentums. Aber diese kleine Gemeinschaft sollte eine unglaubliche Karriere machen und zur größten

Religion der Welt werden. Die ersten Jünger hätten sich das nicht träumen lassen. Die Anfänge des Christentums waren ja so klein und versteckt gewesen, dass niemand dieser neuen Bewegung eine große Zukunft vorausgesagt hätte. Da kam Paulus. Er war fünf Jahre nach dem Tod Jesu bekehrt worden. Auf vielen langen Missionsreisen brachte er das Evangelium in die heutige Türkei, nach Griechenland und Italien. Juden schlossen sich ihm an, aber auch viele Nichtjuden: Griechen und Römer. Sie bildeten Gemeinden, die selbst Mission betrieben. Doch das junge Christentum stieß nicht nur auf Zuspruch. Den politischen Machthabern war die neue Religion gar nicht recht. Sie verfolgten die ersten Christen.«

»Warum?« Moritz hatte sich ein dünnes Gummiband vom Tisch genommen. Manchmal konnte er besser zuhören, wenn seine Finger mit etwas spielten.

»Für die Römer waren die ersten Christen überhaupt nicht harmlos. Die Römer beherrschten damals die ganze bekannte Welt – das heißt Europa, Nordafrika und den Nahen Osten. Alle großen und kleinen Völker hatten sie unterworfen. Da tauchte plötzlich diese winzige Sekte auf, die zwar ganz unpolitisch war, aber an einem – dem entscheidenden – Punkt die Allmacht der Römer nicht anerkannte. Denn die Christen weigerten sich, den römischen Kaiser anzubeten. Ansonsten waren sie brave Bürger, zahlten ihre Steuern, hielten sich an die Gesetze und dachten nicht an Umsturz oder Revolution. Aber an diesem Punkt mussten sie sich verweigern, den römischen

Kaiser wie einen Gott anbeten, das konnten sie nicht. Sie hatten einen andern Herrn. Und diesem himmlischen Herrn mussten sie mehr gehorchen als ihrem politischen Herrn. Das mussten sie schwer bezahlen. Man jagte sie, nahm sie gefangen, folterte und tötete sie. Sie wurden gekreuzigt. Manche hat man im Zirkus den Löwen vorgeworfen – zur Belustigung des Volkes.«

Moritz machte ein angewidertes Gesicht. »Wie bitte?«

»Ekelhaft, nicht? Nur heimlich konnten sich die Christen zum Gottesdienst treffen. In Katakomben, das waren unterirdische Friedhöfe, kamen sie zusammen. Die Christen haben sich nicht gewehrt. Sie haben stattdessen mit ihren Worten und Taten überzeugt. Mehr und mehr Menschen schlossen sich freiwillig der Kirche an, obwohl es gefährlich – lebensgefährlich – war, ein Christ zu sein. Trotzdem, die Kirche wuchs. Anfangs hatten nur einfache, arme Leute zur Kirche gehört. Doch als sie größer wurde, zog die Kirche auch die Oberschicht an: hohe Beamte, feine Damen, Leute vom Hof, Mitglieder der kaiserlichen Familie. Schließlich wurden die Kaiser selbst Christen. Der erste römische Kaiser, der sich zum Christentum bekannte, war Konstantin. Im Jahr 312 nach Christus errang er die Herrschaft und machte das Christentum zur neuen Staatsreligion. Damit wurde das Christentum zur Weltreligion. Es übernahm die geistige Herrschaft über die damalige Welt.«

»Und die Verfolgungen hörten für immer auf«, ergänzte Moritz.

»Ja, allerdings nicht für alle. Die meisten Christen lebten nun in Sicherheit. Aber für andere begannen jetzt schwere Zeiten. Ein reiner Glücksfall war diese ›Konstantinische Wende‹ nicht. Jesus hatte das Reich Gottes angekündigt. Aber sein Reich war nicht von dieser Welt. Es war ausschließlich eine Sache des Glaubens. Sein Reich war reine Religion. Er selbst blieb arm, schwach und wehrlos. Seine ersten Jünger wussten das noch. Doch die späteren Kirchenführer und Theologen müssen es vergessen haben. Dabei hätten sie aus ihrer eigenen Geschichte lernen können, dass man in der Religion mit Macht und Gewalt nichts erreicht. Sie aber wollten das Reich Gottes zu einem irdischen Weltreich machen. Mit all ihrer neuen Macht versuchten sie ihren Glauben durchzusetzen. Dadurch machten sie den Glauben zu einer Sache der Politik. Die Bischöfe wurden Kirchenfürsten, mit dem Papst an der Spitze. Aus der verfolgten Minderheit wurde eine Mehrheit, die jetzt selbst damit begann, Minderheiten zu verfolgen. Die Reichskirche verfolgte die Juden, die Heiden – das heißt die Anhänger der alten römischen Götter – sowie diejenigen Christen, die ihren Glauben anders verstanden, als es die Kirchenführung erlaubte. Die Christen versammelten sich nicht mehr in den Katakomben, sondern in gewaltigen Kirchen. Die wunderbaren alten Tempel zerstörten sie. Auch Bücher, ganze Bibliotheken verbrannten die neuen Herren. Eine Schande für Menschen, die doch selbst einer Buchreligion angehörten.«

Sie hustete und trank einen Schluck Wasser.

»Und die Inquisition? Was war das nun?«

Kaum hatte er die Frage gestellt, da flitschte ihm das Gummiband davon, das er zwischen zwei Finger gespannt hatte. Es flog bis zur andern Wand des Archivs. Moritz stand schnell auf, hob es auf und legte es zurück auf den Tisch. Sabine schmunzelte.

»Du springst jetzt ins Mittelalter. Aber das macht nichts. Ganz Europa war inzwischen christlich geworden. Doch es wurde bedroht. In Arabien hatte Mohammed im 7. Jahrhundert eine neue Weltreligion gestiftet: den Islam. Und der Islam setzte zu einem beispiellosen Eroberungszug an. Zunächst eroberten die muslimischen Heere das Morgenland: Syrien, Ägypten, Israel. Über Nordafrika drangen sie bis nach Spanien vor. Das beunruhigte die europäischen Christen. Sie sammelten sich zur Gegenwehr. Ritter aus ganz Europa zogen in den ersten Kreuzzug. Sie wollten die Muslime niederwerfen und vor allem Jerusalem, die Heilige Stadt, zurückgewinnen. Der erste Kreuzzug fand in den Jahren 1096 bis 1099 nach Christus statt. Fünf weitere folgten. Es waren furchtbare Kriege, unglaublich grausame Metzeleien – und alles angeblich zur Ehre Gottes.«

»Aber Christus, hast du gesagt, hat doch Gewaltlosigkeit gepredigt. Die andere Wange hinhalten! Wie konnten die Christen dann so gewalttätig gegen diese Muslime im Morgenland sein?«

»Du hast völlig Recht. Dafür gibt es keine gute Erklärung, vor allem keine Rechtfertigung. Warum die Christen also so unchristlich handeln konnten, ist wirklich ein Rätsel. Da gab es zum Beispiel einen großen Heiligen, Bernhard von Clairvaux. Das war ein sehr frommer Mann, ein vorbildlicher Mönch. Er lebte freiwillig in völliger Armut und war ohne Unterlass ins Gebet vertieft. Und derselbe Bernhard von Clairvaux war einer der wildesten Kreuzzugshetzer, der die Christen mit seinen Predigten in den Krieg peitschte. Wie das zusammengeht, kann ich auch nicht verstehen.«

Nach einer kurzen Pause fuhr sie fort: »Aus den Kreuzzügen konnte nichts Gutes werden. Früher oder später scheiterten sie alle. Es gelang den Kreuzrittern nicht, Jerusalem auf Dauer zu halten. Am Ende siegte der Islam und behielt den Nahen Osten für sich. Die Wut der Kirche richtete sich daraufhin nach innen. Man suchte sich einen neuen Feind in der eigenen Heimat.

Nun hatten sich im 12. Jahrhundert viele Menschen von der Kirche abgewandt. Gerade die Frommen waren von der mächtigen römischen Kirche enttäuscht. Der Reichtum und die Gier der Priester, Bischöfe und Päpste ekelte sie an.

Sie bildeten Gegenkirchen und Geheimkirchen, die großen Anklang fanden, weil sie arm waren, keine Macht anstrebten und nur für ihren Glauben lebten: die Katharer zum Beispiel, eine mysteriöse, düstere Sekte, die ursprünglich aus Bulgarien kam, und die Waldenser in Italien, die so leben wollten, wie Jesus und seine Jünger es getan hatten, arm und einfach. Die Waldenser gibt es übrigens heute noch in Italien. Der Papst und seine Leute waren natürlich sehr beunruhigt. Sie gründeten neue Mönchsorden, die die Menschen zurückgewinnen sollten. Aber wer sich nicht friedlich überzeugen ließ, den zwang man mit Gewalt. Dafür war die Inquisition da. Die Inquisition war ein Gericht, das Abweichler, so genannte Ketzer, bestrafen sollte. Ein Furcht erregender Apparat entstand, eine Behörde für den richtigen Glauben. Die Inquisition spürte die Abweichler auf, folterte und tötete sie.«

»War das nicht auch die Inquisition, die Galilei angegriffen hat? Weil er gesagt hat, dass sich die Erde um die Sonne dreht und nicht umgekehrt. Und dann musste er vor Gericht sagen, dass er sich geirrt hat, nur weil seine Erkenntnis der Kirchenlehre widersprach.«

»Du weißt gut Bescheid.«

Moritz lehnte sich vor und redete umso eifriger weiter.

»In seinem Fall hat aber die Inquisition nichts genutzt. ›Und sie bewegt sich doch‹, hat Galilei nach dem Urteil gesagt. Und heute weiß jeder, dass er Recht hatte.«

»Genau, das Denken lässt sich nicht durch Gerichte und Gewalt lenken. Aber Galilei ist glimpflich davongekommen. Andere haben ihr Leben verloren. Besonders zu hohen Feiertagen machte die Inquisition aus den Hinrichtungen große Volksfeste. Auf Scheiterhaufen verbrannte sie die Bücher der Ketzer. Wieder ging unersetzbare Literatur in Flammen auf. Und unzählige Menschen starben! Besonders schlimm wütete die Inquisition in Spanien.

Dort nannte man eine Ketzerverbrennung ›Autodafé‹, das heißt übersetzt ›Demonstration des Glaubens‹. Die Inquisitoren meinten, mit ihrem Morden Gott einen Dienst zu tun und den Glauben an Christus zu verteidigen.«

»Das ist doch krank. Was hätte denn Jesus dazu gesagt?«, fragte Moritz.

»Tja, was hätte er wohl dazu sagen können?«

Sie hielt inne und dachte kurz nach.

»Ich habe mal eine Geschichte gelesen, die auf deine Frage passt. Sie stammt aus einem Roman. Ich hol ihn schnell. Ich muss sowieso mal wieder nach vorn. Vielleicht ist ja jemand gekommen.«

Moritz wartete. Draußen zog Regen auf. Im Archiv wurde es dunkler. Er griff nach einem Bleistift und kritzelte gedankenverloren auf einen Notizzettel. Als Sabine mit einem dicken Roman unter dem Arm wiederkam, brach auch die Sonne durch die Wolken. Es wurde wieder hell.

»Zum Glück keiner da. Wir sind ganz für uns. Da kann ich die Geschichte vorlesen. Aber keine Angst, ich lese dir nicht den ganzen Roman vor.«

Moritz schluckte. Er konnte gar nicht fassen, dass sie den ganzen Nachmittag allein in der Bücherei waren und Sabine nur für ihn Zeit hatte. So ein Luxus. Er legte den Stift weg und lehnte sich zurück.

Sie blätterte, bis sie die Geschichte fand. Nach einem kurzen Räuspern begann sie zu lesen:

»In Sevilla, in Spanien, haben das Volk und die Kirche ein großes Autodafé gefeiert. Auf Befehl des alten Großinquisitors haben sie zahllose Ketzer auf riesigen Scheiterhaufen verbrannt. Unter den Augen des Königs, seiner Ritter, der mächtigen Herren und vornehmen Damen des Hofes, vor dem ganzen erregten Volk der Stadt – ein gewaltiges, grausiges Fest des Glaubens. Obwohl inzwischen das letzte Feuer verloschen ist, ist die Stadt noch ganz vom Brandgeruch erfüllt. Da geschieht etwas Ungeheuerliches. Nach all den langen Jahrhunderten, in denen die Menschen zu ihm gebetet und ihn doch nie gesehen haben, kommt Jesus zu ihnen. Wirklich, er ist es selbst. Wie er gekommen ist, kann niemand sagen. Aber daran, dass es ist, kann kein Zweifel bestehen. Dabei umgibt ihn kein Heiligenschein, kein himmlischer Glanz. Er geht durch die engen Gassen der Stadt als ein Mensch unter Menschen. Aber das Volk erkennt ihn sofort. Die Leute drängen zu ihm, berühren ihn und küssen seine Hände. Er lächelt ihnen zu und segnet sie. Kranke werden zu ihm gebracht. Er heilt sie. Das Volk lacht und weint. Da erscheint der Großinquisitor. Mit seinen Knechten und Soldaten tritt er dem Herrn in den Weg. Die Menge weicht zurück. Der Großinquisitor befiehlt seinen Leuten, den ungebetenen Gast festzunehmen. Widerstandslos lässt der Herr sich abführen und in den tiefsten und dunkelsten Kerker werfen.

Die Nacht kommt. Die Tür der Kerkerzelle öffnet sich und der Großinquisitor tritt ein. Allein. Er ist ein grauer

Greis, gebeugt und schief steht er da. Lange schaut er sich stumm seinen Gefangenen an. Dann spricht er ihn an:

›Du bist es also wirklich? Du selbst? Du antwortest nicht? Auch gut, schweige! Sag nichts! Ich will nichts hören. Ich weiß eh, was du sagen würdest. Was willst du hier? Was fällt dir ein? Warum bist du gekommen, uns zu stören? Weißt du nicht, was wir mit Störern wie dir tun? Morgen schon wirst du brennen. Und das Volk, das dich heute angehimmelt hat, wird über dein Ende jubeln.

Wir kommen besser aus ohne dich! Was hast du den Menschen schon gegeben? Freiheit hast du ihnen gegeben. Die Freiheit wolltest du ihnen schenken, selbst Gott zu finden, selbst das gute Leben zu wählen. Das war kein gutes Geschenk. Schau dir die Menschen an! Schwach sind sie, dumm und schäbig, unfähig, für sich selbst zu denken. Die Menschen brauchen keine Freiheit. Sie brauchen Führung. Sie brauchen eine Macht, die ihnen sagt, was sie tun, lassen, denken und glauben sollen. Eine starke Kirche, die sie leitet. Sie sind doch wie Schafe, arme, törichte, bemitleidenswerte Tiere. Wir sind ihre Hirten. Wir weiden sie, wir führen sie, wir schützen sie und wir scheren sie. Sie kennen uns und hören auf unsere Stimme. Und wir schenken ihnen das Glück, das sie vertragen können. Und wir strafen sie, wenn sie von unserem Weg abweichen. Auch dafür danken sie uns.

Du wollest ihnen grenzenlose Freiheit schenken. Doch was sollten sie damit anfangen? Sie sind doch wie kleine Kinder. Deine Freiheit hat sie nur erschreckt, verwirrt und in die Irre geführt. Wir haben ihnen diese Freiheit abgenommen und ihnen damit den größten Dienst erwiesen. Warum also bist du gekommen? Wir brauchen dich nicht. Die Menschen brauchen dich nicht. Morgen wirst du es sehen, wie sie Holz herbeitragen, aufschichten zu einem Scheiterhaufen, um dich zu verbrennen. Damit du es nie wieder wagst, uns zu stören!«

Sie hatte begeistert vorgelesen, die letzten Sätze regelrecht herausgeschrien. Moritz war noch ganz gebannt. Da machte sie eine Pause und atmete tief ein. Ihre Stimme war heiser und brüchig geworden. Sie trank wieder einen Schluck.

»Aber was hat Jesus dem Großinquisitor geantwortet? Wie geht die Geschichte aus?«, drängelte Moritz.

Langsam und leise las sie den Schluss:

»Als der Inquisitor seine Rede beendet hatte, wartete er, was sein Gefangener ihm antworten würde. Der hatte ihm still und aufmerksam zugehört. Aber er sagte kein Wort. Keine Antwort. Sie sahen sich einige Minuten lang stumm an. Dann stand Jesus auf, ging auf den gebeugten Großinquisitor zu und küsste ihm auf die alten, trockenen Lippen. Und ging einfach hinaus. Er stieg aus dem Kerker, ging über die Plätze und durch die Gassen von Sevilla und verließ die Stadt. Der Großinquisitor blieb bei jedem seiner Worte. Doch der Kuss brannte ihm heiß auf den Lippen und im Herzen.«

Sie schlug das Buch zu.

Moritz schwieg. Es war, als würde Sabines Stimme noch leise nachhallen.

»Aber heute gibt es keine Inquisition mehr? Ist das jetzt alles vorbei?«, fragte Moritz schließlich und richtete sich auf.

»Nein, heute gibt es keine Inquisition mehr. Aber es hat lange gedauert. Es musste viel passieren, bis die Kirchenführer lernten, dass man den Glauben nicht mit Macht erzwingen kann. Im 16. Jahrhundert hat Martin Luther die Freiheit des Glaubens wiederentdeckt. Er hat einen neuen und eigenen Zugang zu Gott gefunden. Und in seinen eigenen Glauben ließ er sich von keinem Menschen, weder vom Papst noch von allen Bischöfen und Kardinälen hineinreden. Das war seine große Reformation der Kirche. Luther wollte eine andere Kirche. Eine Kirche, in der alle Christen gleich sind. Eine Kirche, in der Priester, Bischöfe und Päpste keine Macht haben. Eine Kirche, die keine andere Gewalt kennt als die Kraft ihrer Überzeugung. Aber sehr tolerant war auch er nicht. Vielleicht konnte er es nicht sein, weil er ganz auf sich gestellt gegen die große Kirche und ihre Verbündeten, den Kaiser und die Fürsten, kämpfte. Er konnte wunderbar schreiben und dichten. Aber er konnte auch anders. Wenn er wütend wurde, gab es kein Halten. Ich les dir mal etwas vor.«

Sie zog aus einem großen Bücherhaufen einen dicken Lederband hervor.

»Hier schimpft er auf die altgläubigen Katholiken, die seine Reformation nicht mitmachen wollten: ›Ihr habt alle Kirchen und Schulen so voll eures Drecks geschissen und mit eurem Gekotze so voll gespeit, dass kein Raum mehr da ist, und ihr wollt noch als die wahre Kirche gerühmt werden? Ja, auch wir haben einstmals der höllischen Hure, des Papstes Kirche, mit ganzem Ernst im Hintern gesteckt, dass es uns leid ist, so viel Zeit und Mühe in dem Loche schändlich zugebracht zu haben. Aber Gott sei Lob und Dank, der uns von dieser Lästerhure erlöset hat.‹«

Moritz kicherte. »Hey, ich wusste gar nicht, dass man damals schon solche Wörter gebraucht hat. Mach weiter.«

»Ach ne, das reicht schon«, sagte Sabine. »In kleinen Portionen ist es ganz lustig, aber irgendwann wird es unangenehm. Es gibt auch Stellen, wo Luther in diesem Ton über die Juden schimpft. Da vergeht einem das Lachen. Da wird einem übel. Luther hat für die Freiheit des Glaubens und Gewissens gestritten, aber es fiel ihm selbst schwer, andere Glaubensformen zu achten. Dass heute bei uns Toleranz herrscht, dass also Menschen mit unterschiedlichen Religionen friedlich zusammenleben und sich dulden, das hat noch andere Wurzeln. Nach Luthers Reformation hat es weitere Abspaltungen gegeben. Kleine Freikirchen sind entstanden. Sie wurden verfolgt und mussten Europa verlassen. Viele sind nach Amerika ausgewandert. Dort haben sie festgesetzt, dass jeder frei sein soll in seinem Glauben. Der Glaube war keine Sache der Politik mehr, sondern nur noch der freien inneren Entscheidung. In Europa gab es eine ähnliche Entwicklung. Die französische Revolution am Ende des 18. Jahrhunderts machte einen Anfang, andere Revolutionen und Reformen folgten, bis Staat und Kirche klar getrennt und das Grundrecht auf Religionsfreiheit anerkannt war.«

»Und niemand wird mehr verfolgt oder gequält?«

»Ach, es fällt den Menschen so schwer zu akzeptieren, dass andere Menschen anders sind. Dass andere nicht so sind wie sie selbst, das verunsichert sie, macht ihnen Angst und bringt sie in Wut. Darum haben die Römer die Christen verfolgt, darum haben die Christen Abweichler gejagt. Oder die Hexen verbrannt. Das waren Frauen, die nicht so waren wie die Mehrheit. Darum haben sie die Juden über Jahrhunderte hinweg erniedrigt, in Ghettos gesteckt und getötet, weil sie an ihrem alten Glauben festhielten. Es ist eine blutige Geschichte. Bis heute. Vielleicht sind die Menschen so wütend, weil sie nur einen schwachen Glauben haben. Sie trauen ihrer eigenen Überzeugung nicht. Sonst würde es sie nicht so aggressiv machen, wenn andere etwas anderes denken und fühlen. Das gilt übrigens für alle Religionen.«

Sie hustete. Ihre Stimme war immer schwächer geworden.

»Ich muss jetzt unbedingt eine Pause machen. Meiner Stimme geht es zurzeit nicht so besonders. Ich muss sie schonen, sonst kann ich gleich gar nicht mehr sprechen.«

Moritz zögerte. Er konnte sich nicht losreißen. Unwillig stand er auf. Es fiel ihm schwer zu gehen.

Sabine bemerkte es. »Komm doch einfach bald wieder vorbei«, sagte sie.

Er nickte.

7.

Über drei Wochen war es nun her, dass Paps seine letzten Sachen abgeholt und die Wohnung endgültig geräumt hatte. Aber noch immer hatte sich keine Normalität eingestellt. Dass sie jetzt zu dritt lebten – er, Anna und Mam –, konnte kein normaler Zustand sein und niemals werden. Darum erschien Moritz die Wohnung immer noch merkwürdig unwirklich. Zwar hatte Mam die Lücken, die Paps in den Regalen und Schränken hinterlassen hatte, längst aufgefüllt. Doch war eine Leere geblieben, die sich nicht schließen ließ.

Morgens etwa, wenn sie zu dritt am Küchentisch saßen, schielten Anna und Moritz unwillkürlich zur unbesetzten, vierten Tischseite. Sie konnten es nicht lassen, obwohl Mam den frei gewordenen Stuhl schon bald fortgeschafft hatte. Und abends, wenn Moritz im Bett lag und bereits eingeschlafen war, genügte ein Knacken, ein lautes Trittgeräusch im Treppenhaus, und gleich war er wieder hellwach, saß aufrecht im Bett in der sinnlosen Erwartung, Paps würde durch die Tür kommen. Es dauerte lange, bis er danach einschlafen konnte.

Moritz kam in der Wohnung nicht mehr zur Ruhe. Es war, als würde ständig ein kalter Luftzug durch die Zimmer gehen. Natürlich war das nicht der Fall. Trotzdem spürte er unaufhörlich und überall diesen leichten Kältezug im Genick – selbst im Bett.

Das Gefühl, dass sein Leben nicht mehr normal war, begleitete ihn den ganzen Tag. Mal war es ihm stärker bewusst, mal wurde es von Alltagsdingen überlagert. Aber es war immer da. Es legte sich als ein leichter Druck auf die Brust und um den Hals. Sogar im Schlaf, in seinen Träumen spürte Moritz ihn. Nur selten löste er sich. Wenn Moritz mit Anna spielte oder ihr ein Buch vorlas, das er selbst als kleiner Junge vorgelesen bekommen hatte, vergaß er die zugige Kälte und das drückende Gewicht. Aber er konnte ja nicht den ganzen Tag mit seiner sechsjährigen Schwester spielen.

Alles, was ihm früher vertraut und selbstverständlich gewesen war, erschien ihm jetzt fremd. Die Wohnung war nicht mehr sein Zuhause. Er ging durch die altbekannten Räume, als würde er etwas suchen, das er nie fände, ja, dessen Namen er nicht einmal kannte. Er kam sich verloren vor.

Die innere Unruhe milderte sich erst, wenn er auf seinem Kickboard durch die Straßen fuhr. Die schnelle Bewegung, das leichte Rollen taten ihm gut. Die Leute wichen ihm aus. Er hatte freie Bahn. Aber es war eine begrenzte Befreiung. Er konnte nicht den ganzen Nachmittag herumfahren, besonders nicht bei diesem lausigen Frühjahrswetter. Irgendwann begann er zwangsläufig, einen Unterschlupf zu suchen.

Vergeblich war er heute an der Gemeindebücherei vorbeigefahren. Am Mittwoch Nachmittag war sie geschlossen. Umsonst hatte er sich die Nase an den Fensterscheiben platt gedrückt. Sabine hatte er nicht entdecken können. Sie hatte wohl ihren freien Tag.

Moritz war weitergefahren und schon bald, ohne es eigentlich bewusst geplant zu haben, bei der alten Kirche angekommen, an ihr vorbeigerollt und auf das Altenheim zugefahren. Er wusste, dass sich Frau Schmidt über seinen Besuch freuen würde.

Es war Viertel nach fünf, als er ihren Flur entlangrollte. Er sah, wie die Schwestern schon die Tabletts mit dem Abendessen aus den Zimmern räumten. Müssen die hier früh ins Bett, dachte er.

Als er die Tür öffnete, winkte ihm Frau Schmidt zu und hielt ihren Zeigefinger an die Lippen. Er sollte leise sein. Sie waren nicht allein. Eine ältere Frau stand an Frau Sperlings Bett. Sie hatte ihre Hände gefaltet. Moritz trat ein und setzte sich ohne einen Mucks auf das Bett von Frau Schmidt.

Frau Sperling und die andere Frau sprachen gemeinsam:

»Vater unser im Himmel,
geheiligt werde dein Name.
Dein Reich komme.
Dein Wille geschehe,

wie im Himmel, so auf Erden.
Unser tägliches Brot gib uns heute.
Und vergib uns unsere Schuld,
wie auch wir vergeben unseren Schuldigern.
Und führe uns nicht in Versuchung,
sondern erlöse uns von dem Bösen.
Denn dein ist das Reich und die Kraft
und die Herrlichkeit in Ewigkeit. Amen.«

Alle waren still. Moritz fühlte sich leicht beklommen. Anscheinend war er zur Unzeit gekommen und in etwas hineingeraten, wo er nicht dazugehörte. Fast bereute er, gekommen zu sein. Aber er konnte jetzt nicht einfach wieder verschwinden. Schließlich befreite die fremde Frau ihn aus der Peinlichkeit. Sie beugte sich kurz zu der alten Sperling herunter, gab ihr einen Kuss, drehte sich um, verabschiedete sich von allen und verließ den Raum.

»Wer war das denn?«, fragte Moritz.

»Das war die Tochter von Frau Sperling. Sie kommt jeden Abend ihre Mutter besuchen.«

»Und warum haben sie gebetet?«

»Das machen sie immer so, jeden Tag. Erst fragt die Tochter, wie es der Mutter geht. Dann erzählt sie von ihrem Tag. Und zum Schluss beten sie das Vaterunser. Jeden Abend.«

»Beten Sie auch?«

»Ja, aber ich bete immer allein.«

»Und warum beten Sie?«

»Warum ich bete? Manchmal weiß ich es auch nicht. Ich tue es einfach. Vielleicht weil ich es schon immer getan habe. Als Kind hat meine Mutter es mit mir vor dem Schlafengehen getan. Sie saß an meinem Bett, faltete meine Hände und wir sagten ein Gebet auf. Eines kenne ich noch: ›Die Schnecke hat ihr Haus, ihr Fellchen hat die Maus. Der Sperling hat die Federn sein, der Falter bunte Flügelein. Nun sage mir, was hast denn du? Ich habe Kleider und auch Schuh und Vater und Mutter und Lust und Leben. Das hat mir der liebe Gott gegeben.‹ Du runzelst die Stirn? Na ja, es ist nur ein altes Kindergebet. Ich bin dann größer geworden, habe andere Gebete gesprochen, aber ich bin keine Nacht in meinem Leben eingeschlafen, ohne zu beten. Sonst wäre für mich der Tag nicht zu Ende gewesen.«

»Und was haben Sie gebetet? Ich meine, worum haben Sie Gott gebetet?«

»Ich habe ihn in meinem Leben um so vieles gebeten. Um alles, was ich gern gehabt hätte, um alles, was mir gefehlt hat.«

»Und haben Sie es bekommen?«

»Einiges ja, anderes nicht. Aber je älter ich wurde, umso klarer wurde mir, dass es beim Beten gar nicht in erster Linie um das Bitten und Wünschen geht. Oft habe ich mir Dinge so dringend gewünscht und herbeigebetet und musste später einsehen, dass es gar keine sinnvollen Wünsche waren und dass es gut war, dass sie nicht in Erfüllung gingen. Mir hilft das Beten, um zu verstehen, was ich eigentlich wünsche. Ich sage Gott alles, was mich bewegt, was ich habe und was ich vermisse. Und wenn ich so rede und höre, klärt sich vieles auf. Vieles wird unwichtig und anderes taucht auf, an das ich vorher nicht gedacht hatte. Wenn du mich fragst, warum ich bete, dann kann ich dir nur sagen: weil ich so viel auf dem Herzen habe. Das alles gebe ich Gott in meinem Gebet. Und dann kann ich einschlafen.«

»Das klingt so einfach. Was ist denn, wenn man nicht beten kann? Das Beten funktioniert doch nicht automatisch.«

»Natürlich nicht. Es gibt auch keine feste Methode, nach der man es einüben kann. Man kann Beten nicht lernen. Das heißt, man lernt es nur, indem man es tut, indem man betet. So einfach ist das. Oder so schwer. Man muss es tun, sich zurückziehen, die Hände falten, die Augen schließen und dann versuchen, zu Gott zu sprechen und auf ihn zu hören. Das verlangt Ausdauer, Konzentration und Offenheit. Man muss warten können. Oft muss man ein sehr langes Warten aushalten. Denn häufig spürt man nichts. Aber dann kommt doch der Moment, und ich erfahre – ich kann es kaum beschreiben –, dass ich nicht zu mir selbst spreche, sondern dass Gott mich hört und mir antwortet.«

Moritz runzelte die Stirn und sah sie ungläubig an.

»Ich habe immer gebetet. Zu Hause in der Heimat, im Frieden, im Krieg, auf der Flucht, in der Fremde. Ich habe gehungert und gebetet, gegessen und gebetet, bin gelaufen und habe gebetet, habe geweint und gebetet, habe gehofft und gebetet. Manchmal denke ich, dass mein ganzes Leben an meinen Gebeten gehangen hat. Manchmal habe ich wirklich um mein Leben gebetet. Einmal, das war schon auf der Flucht, wir hatten Zwischenstation in einer Stadt machen müssen, da heulten mitten in der Nacht die Sirenen. Bombenalarm! Zum Glück gab es einen Keller in der Nähe. In der Finsternis – es musste ja alles verdunkelt sein – sind wir den Keller hinuntergestolpert. Dicht zusammengedrängt haben wir da gehockt, gezittert, gefroren und gelauscht. Kommen sie oder kommen sie nicht? Dann hörten wir die Einschläge. Der erste Einschlag war noch weit weg, aber schon gut zu hören. Dann die zweite Bombe, sie schlug sehr viel näher ein. Wir spürten, wie die Erde bebte. Jetzt die dritte – ganz in der Nachbarschaft. Wir wurden durchgerüttelt. Staub und Mörtel rieselten von den Kellerwänden. Wir warteten auf die vierte. Es waren immer vier Bomben, das hatten uns die Leute erzählt. Die vierte, das war jedem von uns im Keller klar, würde uns treffen und begraben. Es war zum Verrücktwerden. Da habe ich gebetet. Es mögen nur einige Sekunden gewesen sein, aber mir schien es eine Ewigkeit. Ich betete wie eine Besessene. Meine Hände hatte ich nicht gefaltet, sondern fest ineinander gekrallt. Ich habe gebetet und gewartet, gewartet und gewartet, was kommt. Aber es kam nichts. Keine vierte Bombe. Sie kam einfach nicht. Es verging eine lange Zeit, bis ich die Finger löste und aufschaute. Aber der Spuk war zu Ende.

Die vierte Bombe, die uns alle in den Tod reißen sollte, war nicht gekommen. Gott sei Dank!«

»Und Sie meinen, dass die Bombe nicht fiel, weil Sie gebetet haben?«

»Das will ich nicht sagen. Vielleicht hat die vierte einfach nicht gezündet, das kam gar nicht so selten vor. Dass wir überlebt haben, ist kein Beweis dafür, dass mein Gebet geholfen hat. Aber zumindest bin ich nicht verrückt geworden. Und das ist auch etwas wert.«

Frau Schmidt lächelte.

Moritz war nicht zufrieden.

»Aber wenn es letztlich Zufall ist, was geschieht und ob meine Bitten erfüllt werden oder nicht, ist es doch egal, ob ich bete oder es sein lasse.«

»Nein, das ist nicht egal. Denn das Beten dreht sich gar nicht so sehr um meine Bitten. Eigentlich steht hinter allen Bitten nur eine einzige Bitte – die dritte Bitte des Vaterunsers: ›Dein Wille geschehe.‹ All die unzähligen andern Bitten hängen im Letzten nur an dieser Bitte. Weißt du, in meinem Alter gibt es sowieso nicht mehr viel zu wünschen. Als junger Mensch will man dies und das und jenes, tausend Dinge. Im Alter lässt das nach. Es gibt immer weniger zu wünschen. Am Ende nur noch dieses: ›Dein Wille geschehe.‹ Darum ist für mich das Vaterunser das beste, das vollkommene Gebet. Ich habe lange noch mit meiner Mutter zusammengelebt. Und nachts haben wir es so gemacht wie Frau Sperling und ihre Tochter. Wir haben gemeinsam das Vaterunser gebetet. Dann erst hatte der Tag sein Ende erreicht und wir konnten zu Bett gehen. Deshalb schaue ich den beiden immer gern zu, wenn sie beten. Das erinnert mich an meine Mutter. Für uns gehörte das Gebet so fest zum Tagesablauf wie die großen Feste zum Jahreslauf. Wie es kein Jahr ohne Weihnachten gab, gab es keinen Tag ohne ein Gebet.«

Sie hielt kurz inne. »Ach, Weihnachten«, seufzte sie. »An Weihnachten hängen goldene Erinnerungen. An denen kann ich mich wärmen wie an einem Kaminfeuer. Hier habe ich das auch bitter nötig.«

Moritz und Frau Schmidt saßen stumm nebeneinander und sahen zu Boden. Sie waren beide plötzlich müde. Draußen war es dunkel geworden. Aus den Augenwinkeln schaute Moritz zu Frau Schmidt herüber. Es war, als ob ein Schatten über ihr Gesicht lief.

Nach einer Weile sagte Frau Schmidt: »Es ist schon spät.«

Sie richtete sich auf und drehte den Kopf zum Fenster.

»Schau mal, was für einen schönen runden Mond wir heute haben.« Dann summte sie: »Der Mond ist aufgegangen, / die goldnen Sternlein prangen / am Himmel hell und klar. / Der Wald steht schwarz und schweiget, / und aus den Wiesen steiget / der weiße Nebel wunderbar. // So legt euch denn, ihr Brüder, / in Gottes Namen nieder; / kalt ist der Abendhauch. / Verschon uns, Gott, mit Strafen / und lass uns ruhig schlafen. / Und unsern kranken Nachbarn auch!«

Sie sah ihn an. »Das haben wir früher nach dem Abendgebet gesungen. Und dann sind wir eingeschlafen.«

Moritz kamen diese Verse seltsam vertraut vor. Ob die kleine Oma sie ihm früher vorgesungen hatte?

Vom Nachbarbett kam ein rasselndes Schnarchen. Frau Sperling schlief fest und tief.

»Ich werde mich auch gleich hinlegen«, sagte Frau Schmidt. »Ich kann nicht mehr sitzen. Es war ein langer Tag, mir tut alles weh. Mit mir ist nicht mehr viel los. Dass ich so schwach geworden bin!«

Wieder huschte dieser dunkle Schatten über ihr Gesicht. Moritz zögerte kurz, dann griff er nach seinem Kickboard.

»Dann – auf Wiedersehen!«, sagte er.

»Ja, auf Wiedersehen!«

8.

Als Moritz am nächsten Tag in die Bücherei kam, musste er nicht lange nach Sabine suchen. Sie arbeitete am Computer.

»Hallo, Moritz! Schön, dass du kommst. Endlich eine Abwechslung. Wie geht's?«

»Ganz gut. Und dir?«

»Alles in Ordnung, ich bin nur ein bisschen genervt. Ich habe so viel zu tun. Eigentlich wollte ich das Bücherräumen zu Ende bringen. Aber jetzt sitze ich am PC.«

»Was machst du denn da?«, fragte Moritz neugierig.

»Wir haben diesen Computer geschenkt bekommen, komplett mit Internetzugang, allem Drum und Dran. Eine großzügige Spende und ein wirklich gutes Gerät. Ich möchte ihn den Besuchern zugänglich machen und wollte eine Liste zusammenstellen mit guten Internetseiten. Dann könnten sich die Besucher ihre Informationen schnell und aktuell selbst besorgen und ich könnte das eine oder andere Buch aussortieren. So hätte ich wieder Platz gespart. Aber das dauert mir alles zu lange. Bis sich diese Seiten aufgebaut haben! Ich sitze da und warte, obwohl ich eigentlich die Regale fertig machen möchte. Man soll eben nie zwei Sachen zugleich machen.«

Sie streckte sich und gähnte.

»Ich könnte dir helfen. Mit Computern kenn ich mich aus.« Moritz stockte. »Äh, ich will nicht angeben, aber mein Vater hat auch so einen PC und im Internet surfen mach ich gern.«

»Dann komm doch zu mir her.«

Moritz stellte sein Kickboard hin und setzte sich zu Sabine vor den Computer. Heute trug sie wieder die schwarze Jeans, jetzt mit einem schwarzen Rollkragenpullover. In ihren kurzen Haaren trug sie Haarspangen. Es waren Kinderhaarspangen, wie Anna sie auch hatte. Aber es sah bei ihr gar nicht kindlich aus, sondern richtig gut.

»Erklären muss ich dir also nichts. Super! Vielleicht fängst du mit Religion an und suchst Seiten, auf denen man Informationen über das Christentum und die verschiedenen Kirchen findet. Die richtigen Suchmaschinen kennst du wahrscheinlich selbst.«

Moritz nickte.

»Ach, Mensch, Moritz, das ist ja echt toll.«

»Mach ich doch gern.« Er starrte auf den Bildschirm.

»Dann kann ich mich ja ans Bücherräumen machen.«

Sabine stand auf und ging um den Tisch.

»Dein Kickboard ist übrigens ziemlich gut. Darf ich mal?«

»Klar.«

Sabine stellte sich drauf und rollte los. Sie lachte. »Macht Spaß.« Sie drehte eine kleine Runde und machte dabei eine gute Figur, fand Moritz. Nur beim allerersten Antreten hatte sie etwas gewackelt. Dann fuhr sie sicher und elegant.

»Ich mach mich mal auf die Reise. Wenn was ist, rufst du mich, ja?«

Sie rollte davon. Moritz beugte sich weit über den Tisch, um ihr so lange wie möglich nachzuschauen. Dann war sie zwischen den Regalen verschwunden. Er machte sich an die Arbeit.

Nach gut eineinhalb Stunden kam Sabine zurückgerollt.

»Na, was hast du gefunden?«

»Hier ist gerade was Gutes. Das musst du dir ansehen.« Sabine setzte sich neben Moritz.

Moritz hatte »www.jesus.de« angewählt. Von der Startseite schaute sie wieder so ein kitschiges Jesusbild an: weicher Fusselbart, gewellte Hippiehaare, sanfter Liebesblick. Darunter blinkte ein Schriftzug auf: »Beichten Sie online!«

»Und was machen wir jetzt?«, fragte Sabine.

»Wir beichten«, antwortete Moritz und klickte den Schriftzug an.

Jetzt erschienen auf dem Bildschirm die Zehn Gebote:

»1. Ich bin der Herr, dein Gott. Du sollst keine anderen Götter haben neben mir. Du sollst dir kein Gottesbild machen, das du anbetest und dem du dienst.

2. Du sollst den Namen des Herrn, deines Gottes, nicht missbrauchen.

3. Du sollst den Feiertag heiligen.

4. Du sollst deinen Vater und deine Mutter ehren.

5. Du sollst nicht töten.

6. Du sollst nicht ehebrechen.

7. Du sollst nicht stehlen.

8. Du sollst nicht falsch Zeugnis reden wider deinen Nächsten.

9. Du sollst nicht begehren, was deines Nächsten Haus.

10. Du sollst nicht begehren deines Nächsten Weib, Knecht, Magd, Vieh noch alles, was sein ist.«

Darunter stand in roten Buchstaben: »Klicke die Gebote an, gegen die du verstoßen hast.«

»Mal sehen, was das Programm draufhat«, sagte Moritz und klickte alle Gebote an, so als hätte er in der letzten Zeit getötet, gestohlen, die Ehe gebrochen, andere Götter verehrt – die ganze Liste eben.

»Hey, du hast ja ganz schön was auf dem Kerbholz! Vor dir muss ich mich wohl besser in Acht nehmen«, lachte Sabine.

Auf dem Bildschirm erschien nun die Frage: »Hast du dies bewusst oder unbewusst getan?«

»Wenn schon, denn schon«, murmelte Moritz und

klickte »bewusst«. »Bin gespannt, was ich für eine Strafe bekomme.«

Er drückte auf »send«. Aus den kleinen Lautsprechern kam ein alter Mönchsgesang, der Bildschirm wurde pechschwarz und eine Stimme sagte: »Bete zwei Vaterunser für deine Sünden, dann wird dir Gott vielleicht verzeihen.«

»Das nenne ich billig«, kicherte Sabine. »Bewusst gegen alle Gebote verstoßen und dann zweimal kurz beten! So ein Quatsch! Kannst du nicht auch was Vernünftiges finden, das sich unseren Lesern empfehlen lässt?«

»Ich habe die Liste hier ausgedruckt.« Moritz gab ihr vier eng bedruckte Seiten.

»Du bist echt ein Schatz! Ich könnte dich küssen.«

Moritz fühlte sich glücklich. Dass er ein bisschen rot geworden war, störte ihn dieses Mal gar nicht.

»Das ist nur eine ganz kleine Auswahl. Als ich bei der Suchmaschine zuerst ›Christentum‹, ›Jesus‹ oder ›Kirche‹ eingegeben habe, habe ich über tausend Seiten genannt bekommen. Da kommt kein Mensch durch.«

Moritz streckte sich.

»Aber schließlich habe ich ein paar Seiten herausbekommen, die man auch für den Religionsunterricht benutzen kann.« Er gähnte und rieb sich die Augen. »Ich hätte auch nie geglaubt, dass es so viele Kirchen gibt. Da wird einem ganz schwindelig. Wie viele sind das insgesamt? Das weißt du doch bestimmt. Als große Religionsexpertin.«

»Willst du mich aufziehen?«

»Ich doch nicht!« Er grinste. »Würde ich nie wagen. Aber du weißt doch sonst alles darüber. Also, wie viele sind es?«

Sie sah ihn kurz von der Seite an und zog die Augenbrauen hoch. Dann lächelte sie zurück.

»Du redest wie ein Quizmaster. Aber ich bin keine Kandidatin und wir sind hier doch nicht im Fernsehen. Na, egal. Also, um ehrlich zu sein, die genaue Zahl aller Kirchen weiß ich nicht. So eine tolle Expertin bin ich wohl doch nicht. Es müssen unendlich viele sein. Es gibt katholische, evangelische, orthodoxe, baptistische, evangelikale, charismatische Kirchen. Und jede von ihnen ist wieder in viele Unterkirchen geteilt. Vor kurzem hab ich zufällig gelesen, dass es allein in Jerusalem, der heiligen Stadt, über hundert Kirchen und Konfessionen gibt.«

»Warum das denn? Eine würde doch reichen.«

»Die Christen haben es nie in nur einer Kirche ausgehalten. Von Anfang an haben sich unterschiedliche Christen in unterschiedlichen Gemeinschaften versammelt. Sie haben den Gottesdienst jede auf eigene Weise gefeiert und die christlichen Lehren verschieden interpretiert. Das war schon immer so. Es gibt ja auch nicht nur ein Evangelium, das die Geschichte Jesu erzählt, sondern vier. Mit dem Glauben ist es wie mit einem Lied. Selbst wenn nur zwei Menschen das gleiche Lied singen, klingt es jeweils anders. Jeder hat seine unverwechselbare Stimme, seinen eigenen Atem, einen etwas anderen Herzschlag. Das verändert das Rhythmusgefühl, die Fär-

bung der Melodie. Jeder hat seine besondere Lebensge-
schichte. Darum hebt er bestimmte Worte und Töne hervor, singt fröhlicher oder nachdenklicher. Jeder macht
das, was er singt, zu seinem Lied. Ähnlich ist es mit dem
Christentum. Die allerersten Christen, die ja Juden waren, haben es anders aufgefasst und gelebt als die, die später dazukamen: die Griechen, Syrer, Römer, Germanen,
Perser, Armenier, Afrikaner. Dass es so viele Kirchen gibt,
ist eigentlich ganz natürlich.«

»Aber irgendwie müssen sie doch zusammenhängen«,
hakte Moritz nach.

»Das tun sie auch. Doch das ist eine wirklich verwickelte Geschichte. Wir haben ein Buch mit einem Schaubild,
das einen guten Eindruck vermittelt. Warte, ich hol es.«

Sie schleppte einen riesigen Atlas an, legte ihn auf den
Tisch und schlug ihn auf. Moritz sah das Bild eines mächtigen, hohen Baumes mit großer, weiter Krone. Sabine
setzte sich halb auf den Tisch, gleich neben den Atlas.

»Das ist der Baum der Kirchen. Etwas ungenau ist er
natürlich wie jedes Schaubild. Immerhin gibt er aber eine
Ahnung davon, worum es geht. Du siehst einen Baum.
Das heißt, wenn du genauer hinschaust, erkennst du, dass
es nicht ein einziger Baum ist, sondern eine Baumgruppe,
die aber gemeinsame Wurzeln hat. Die Wurzeln sind die
Evangelien. Aus diesen gemeinsamen Wurzeln sind die
Kirchen hervorgegangen. Du siehst unten zwei starke
Grundstämme. Der rechte Stamm – das sind die ortho-
doxen Kirchen des Ostens.«

»Was heißt ›orthodox‹? Ist das schon wieder hebräisch? Übersetz doch mal!«

»Nein, das ist griechisch und heißt ›rechtgläubig‹. Die orthodoxen Kirchen wollen treu zur ursprünglichen rechten Lehre stehen und zur alten Liturgie, also der Form des Gottesdienstes. Die Orthodoxie ist eine Familie von Kirchen, die sich je nach Nation und Volk eigenständig organisiert. Hier siehst du, wie sich die Äste gabeln in die griechisch-orthodoxe Kirche, die russisch-orthodoxe, die rumänisch-orthodoxe, die serbisch-orthodoxe, die bulgarisch-orthodoxe und so weiter. Diese Kirchenschwestern haben noch entfernte, ältere Cousinen: die orthodoxen Kirchen des Alten Orients. Ihre Ursprünge sind geheimnisvoll und sagenumwoben: die armenisch-apostolische Kirche, die äthiopisch-orthodoxe Kirche, die koptische Kirche in Ägypten und die syrisch-orthodoxe Kirche. Obwohl sich der Baumstamm der orthodoxen Kirchen schnell verästelt, haben die einzelnen Kirchen viel gemeinsam. Sie sind sehr traditionsbewusst, man kann auch sagen: misstrauisch gegen alle Neuerungen. Darum wirken sie auf uns so altertümlich. Die Priester haben lange Bärte und tragen im Gottesdienst prächtige Gewänder. Überhaupt sind ihre Gottesdienste sehr feierlich und förmlich, noch viel weihevoller als bei uns etwa die katholischen Messen. Ihre Kirchen sind voller Bilder – Ikonen nennt man sie –, auch sie sind ganz unmodern. Seit Jahrhunderten werden sie auf exakt dieselbe Art gemalt. Die Ikonen sind den Orthodoxen sehr wichtig. Nicht dass sie die Bilder anbeten würden. Aber sie sind für sie ein sichtbarer Abglanz des unsichtbaren Gottes, eine Tür zum Himmel. Die Bilder sind herrlich – in einem wunderbaren Goldton gemalt. Noch herrlicher ist der Gesang der Orthodoxen. Er gibt ihren Gottesdiensten eine himmlische Schönheit. Man muss es selbst gehört haben, wie orthodoxe Priester singen, tief und mächtig. Das kann einem kein Buch zeigen – es ist einfach nicht von dieser Welt.«

Moritz schaute gar nicht mehr auf das Schaubild, sondern sah Sabine beim Sprechen zu. Was für einen schönen Mund sie hatte, geschwungene rote Lippen, die keine Schminke brauchten.

»Hörst du mir eigentlich zu?«, fragte sie.

»Nicht von dieser Welt«, echote Moritz ihre letzten Worte. »Äh, und was bedeutet der andere Stamm?«

»Äh, äh«, ahmte sie ihn nach und lachte. »Na gut, der linke Stamm sind die Kirchen des Westens. Dieser Stamm ist höher und verästelt sich erst später als der rechte. Dieser Stamm ist die katholische Kirche, genauer gesagt die römisch-katholische Kirche. Sie hat eine festere Organisation. Sie ist eine weltweite Kirche und beschränkt sich nicht auf einzelne Völker oder Nationen. ›Katholisch‹ heißt ›allgemein‹ oder ›das Ganze betreffend‹. Sie ist die größte in sich geschlossene Kirche der Welt. Diese Geschlossenheit verdankt sie ihrer guten Organisation, ihrer festen Lehre, dem Zusammenhalt ihrer Bischöfe und ihrem Oberhaupt, dem Papst. Der Papst war ursprünglich nur der Bischof von Rom, also einer unter vielen.

Doch weil Rom die Hauptstadt des Römischen Reiches war und diese Stadt eine besondere Bedeutung für die Christen hatte – der Legende nach soll Petrus hier gewirkt haben und gestorben sein –, wurde der Papst zum Bischof aller Bischöfe. Seine Macht wuchs. Im Mittelalter wurde er zum wichtigsten Konkurrenten des Kaisers, des obersten politischen Machthabers. Er hatte ein eigenes Herrschaftsgebiet, einen Hofstaat, eine eigene Armee. Er war eine Art Gegenkaiser. Noch heute ist der Vatikan, sein Wohnsitz in Rom, ein eigenes Staatsgebiet. Aber für die Katholiken ist nicht seine politische Macht wichtig, sondern seine religiöse Autorität. Der Papst verbürgt die Richtigkeit des Glaubens und des Lebens. Er hat das letzte, entscheidende Wort in Glaubensfragen. Die Katholiken glauben, dass der Papst in Glaubensfragen nicht irren kann. Darum erklärten sie ihn im 19. Jahrhundert für unfehlbar.«

»Der Papst kann keine Fehler machen? Dann ist er ja gar kein richtiger Mensch mehr!«

»Natürlich ist der Papst ein Mensch. Und Fehler kann er auch machen. Er ist nicht in allen Dingen unfehlbar. Nur wenn es um Glaubensfragen geht, so meinen die Katholiken, dann kann er sich nicht irren, sondern sagt die reine Wahrheit über Gott.«

»Wie soll ein Mensch das denn können?« Moritz schüttelte den Kopf. »Und wieso hat sich der westliche Baumstamm aufgespalten?«

»Dazu kam es erst durch Martin Luther im 16. Jahrhundert. Die protestantischen oder evangelischen Kirchen lösten sich von der katholischen Kirche. Martin Luther hatte die Bibel sehr intensiv studiert und eine neue Theologie entwickelt, die der offiziellen katholischen Lehre widersprach. Er hatte einen eigenen Zugang zu Gott gefunden und meinte, keinen Papst mehr zu brauchen.«

»Er glaubte also nicht daran, dass der Papst unfehlbar ist?«

»Ganz genau, er war fest davon überzeugt, dass der Papst und die Konzilien – das sind die Versammlungen der Bischöfe – sich irren konnten und auch schon geirrt hatten. Luther meinte, dass jeder Christ einen unmittelbaren Weg zu Gott finden könnte. Priester, Bischöfe, der Papst – die ganze kirchliche Hierarchie hatten für ihn ihre Berechtigung verloren. Er brach mit der Autorität des Papstes. Er widersprach dessen Herrschaftsanspruch und begründete eine neue, nämlich die protestantische Kirche.«

»Und protestantisch heißt sie, weil sie gegen die katholische Kirche protestiert hat?«

»Ja, Luthers Kirche ist aus dem Protest gegen die Allmacht der katholischen Kirche erwachsen. Man nennt sie aber auch evangelische Kirche, weil sie den Anspruch erhob, den Ursprung des Christentums – das Evangelium – wiederentdeckt zu haben. Doch es blieb nicht bei der einen evangelischen Kirche. Luthers Reformation blieb weitgehend auf Deutschland und Skandinavien beschränkt. Aber seine Ideen regten andere Reformatoren an.«

»Reformator? Was ist das denn jetzt?«

Moritz lehnte sich auf seinem Stuhl weit zurück und begann zu kippeln.

»Einer, der die Kirche erneuert und Missstände abschafft. Der Wichtigste neben Luther war Johannes Calvin, der die reformierte Kirche gründete, die in Süddeutschland, der Schweiz und in Frankreich viele Anhänger fand. Aber es gab noch viel mehr, die sich im Gefolge von Luthers Reformation von der katholischen Kirche abwandten. Man fasst sie zusammen als den ›linken Flügel‹ der Reformation. Nach Luthers Geschmack waren sie nicht. Sie gingen ihm viel zu weit. Er war entsetzt, was er da losgetreten hatte. Es bildeten sich freie evangelische Gemeinschaften, die viel kleiner als die lutherische Kirche waren und auch nicht wie sie unter dem Schutz der Fürsten standen. Ihnen erschien die große lutherische Kirche viel zu lax und unentschieden. Ihre Mitglieder verpflichteten sich zu einem kompromisslosen christlichen Leben. Ein äußeres Zeichen, durch das sie sich von der lutherischen und reformierten Kirche absetzten, war die Taufe. Darum nennt man sie auch die Baptisten, das heißt ›die Täufer‹. Die Baptisten taufen keine Kleinkinder, sondern nur erwachsene Menschen, die sich bewusst für die Zugehörigkeit zu einer Glaubensgemeinschaft entscheiden können.«

»Das finde ich gut. Als Baby begreift man doch überhaupt nicht, was bei der Taufe mit einem geschieht.«

»Stimmt, das ist ein wichtiger Punkt für die Baptisten.

Aber ich finde, dass die Auffassung der Lutheraner auch ihre Berechtigung hat. Sie wollen, dass das kleine Kind von Anfang an zu ihrer Gemeinschaft gehört und in den Glauben langsam, schrittweise hineinwächst. Darum taufen sie auch Babys. Ein Pate hält es über den Taufstein und der Pastor begießt es dreimal mit Wasser. Die Baptisten taufen anders. Sie übergießen den Täufling nicht nur mit Wasser, sondern tauchen ihn dreimal unter. Sie steigen dazu in einen Fluss.«

»Igitt, dazu wären mir unsere Flüsse aber zu kalt und schmutzig.« Moritz schüttelte sich.

»Na ja, deshalb haben die Baptisten bei uns richtige kleine Schwimmbecken in ihren Kirchen.«

»Das hab ich ja noch nie gesehen.«

»In Europa gibt es auch nur wenige Baptisten. Sie gehörten zum ›linken Flügel‹ der Reformation. Sie wurden in den katholischen Gebieten verfolgt. Aber auch in Gegenden, wo Luther und sein ›rechter Flügel‹ sich durchgesetzt hatten, wurden sie nicht geduldet. Darum wanderten viele dieser Freikirchler nach Nordamerika aus. Dort wurden sie zur größten Konfession, die sich allerdings wieder in viele Richtungen untergliedert.«

Sabine räusperte sich und nahm einen Schluck aus einer Wasserflasche, die neben dem Computer stand.

»In den USA gibt es eine unendliche Zahl von Kirchen. Einige sind sehr streng gläubig. Man nennt sie die evangelikalen Gemeinden. Andere sind sehr frei, wie die Unitarier oder die Quäker. Die Quäker kennen keine feste

Lehre. Sie feiern einen ganz eigentümlichen Gottesdienst: ohne Kirche, ohne Pastor, ohne Orgel, ohne vorgegebene Ordnung. Die Brüder und Schwestern kommen in einem schlichten Versammlungsraum zusammen und sie tun – nichts. Sie schweigen. Sie schweigen und gehen gemeinsam in eine absolute Stille, in der sie Gott erfahren. Erst wenn einer von ihnen aus der Tiefe des Schweigens, aus dem Jenseits der Stille Gottes Geist spürt und Gottes Stimme hört, steht er auf und predigt es den andern. Ich habe mal eine Quäker-Schule in England besucht. Da begann jeder Schultag mit einem gemeinsamen Schweigen. Alle Schüler – und das waren fast 500 – kamen vor der ersten Stunde in der Aula zusammen, setzten sich und schwiegen. Zwanzig Minuten lang sagte niemand ein Wort. Es herrschte absolute Stille. Das kann man sich an einer deutschen Schule nicht vorstellen. Oder?«

Moritz schüttelte den Kopf und kicherte bei dem Gedanken.

»Absolut unmöglich!«

»Aber es war schön, mit dieser gemeinsamen Stille den Tag zu beginnen. Es gab dieser Schule eine besondere Atmosphäre. Die Quäker waren immer eine winzige Gruppe. Doch sie haben mehr Gutes für die Menscheit getan, als viele große Kirchen zusammengenommen. Besonders während der beiden Weltkriege und danach. Die großen Kirchen haben wenig oder nichts gegen den Krieg getan. Oft haben sie ihn sogar unterstützt. Aber die Quäker haben mit unglaublichem Einsatz den Opfern geholfen, Flüchtlinge unterstützt, Hungernden Nahrung geschickt, Verwundete gepflegt. Und zwar nicht nur den Notleidenden im eigenen Land. Amerikanische Quäker haben sich nach den Friedensschlüssen auch um die Deutschen, ihre ehemaligen Feinde, gekümmert.«

»Feindesliebe«, fügte Moritz hinzu.

»Toll, du hast es nicht vergessen. Die Quäker haben wirklich die Feindesliebe geübt, die Jesus gefordert hatte. Und Feindesliebe heißt nicht, dass man sich passiv alles gefallen lässt, sondern die Welt aktiv verändert, indem man gerade denen Gutes tut, die einem Böses wollen.«

Sie nahm wieder einen Schluck.

»Möchtest du auch was trinken?«

Moritz schüttelte den Kopf.

Sabine fuhr fort: »Dann gibt es noch die Mennoniten. Manche von ihnen leben noch wie ihre Vorfahren im 16. Jahrhundert. Sie fahren Pferdekarren statt Autos, haben keinen Strom, nicht einmal Reißverschlüsse oder Druckknöpfe.«

»Das habe ich mal im Fernsehen gesehen.«

»Und hier siehst du die anglikanische Kirche als fünften Ast auf der linken Seite, neben dem römisch-katholischen, dem evangelisch-lutherischen, dem evangelisch-reformierten und dem freikirchlichen Ast. Das ist die englische Staatskirche, die sich zu Luthers Zeiten ebenfalls von der katholischen Kirche getrennt hat.«

»Langsam verlier ich den Überblick.« Moritz runzelte die Stirn.

»Dabei sind wir noch lange nicht am Ende«, sagte Sabine nach einem Räuspern. »Denn jetzt kommen wir zu dem Ast, der links außen ist. Das sind die Pfingstler. Ein neuartiger Ast, aber er wächst schneller als alle Kirchen. Inzwischen gehören vielleicht hundert Millionen Menschen zu den Pfingstlern. Genaue Zahlen gibt es nicht. Denn die Pfingstler sind eher eine Bewegung als eine fest organisierte Kirche. Du findest die Pfingstler in Südamerika, in Afrika und Asien. In den abgelegensten Dörfern und in den elendesten Slums kommen Menschen in einfachen Hütten zusammen, in Schuppen oder unter freiem Himmel. Sie nennen sich Pfingstler, weil sie glauben, den Heiligen Geist in sich zu haben. Sie beziehen sich auf die Pfingstgeschichte im Neuen Testament. Am Pfingstsonntag, fünfzig Tage nach Ostern, waren die Jünger Jesu zusammengekommen. Plötzlich erhob sich ein Wind und der Geist Gottes kam über sie wie ein wildes Feuer und sie sprachen in tausend Sprachen, die sie vorher nicht gekannt hatten.

Die Pfingstler feiern wild bewegte, begeisterte Gottesdienste. Sie tanzen, trommeln, singen und schreien. Oft geraten sie in Trance und brechen in wilde, merkwürdige Laute aus. Für Außenstehende ist dieses Tanzen, Singen und Schreien schwer zu verstehen. Auch mischt sich in den Glauben der Pfingstler Christliches mit den einheimischen, afrikanischen oder asiatischen Religionen: Ahnen- und Geisterglaube, Magie und Wundertaten. Die Pfingstler scharen sich um einen charismatischen

Anführer, der behauptet, dass er den Geist Gottes in sich hat und Kranke heilen kann. Uns Europäern ist das sehr fremd. Aber es ist erstaunlich, wie es den Pfingstlern gelingt, die ärmsten, verzweifeltsten und verachtetsten Menschen dieser Erde zusammenzubringen und in Gegenden, in die sonst niemand seinen Fuß setzen würde – nicht einmal die Polizei –, kirchliche Gemeinschaften aufzubauen. Das ist schon ein Wunder.«

Moritz hörte auf zu kippeln und beugte sich über den Atlas: »Wenn man länger auf diesen Baum der Kirchen schaut, verschwimmt einem alles vor Augen. Es beginnt mit einer Wurzel und endet in tausend Aufspaltungen. Am Anfang steht nur einer da, Jesus. Aber nach zweitausend Jahren gibt es zweitausend Kirchen oder mehr. Und jede sagt, dass sie die richtige ist. Das passt doch nicht zusammen.«

»Ich weiß nicht, Moritz. Es passt nicht und es passt doch. Ich finde, dass das eigentliche Problem nicht ist, dass es so viele Kirchen gibt. Das Problem ist, dass sie sich so lange bekämpft und bekriegt haben. Jede wollte die einzig wahre sein und hat der anderen den Glauben abgesprochen. Es gab blutige Kriege und böse Zerwürfnisse. Es ist ein großes Glück, dass inzwischen die ökumenische Bewegung entstanden ist.«

»Noch eine Kirche?«

»Nein, ›Ökumene‹ ist wieder griechisch und bedeutet ›bewohnter Erdkreis‹. Die ökumenische Bewegung ist ein Zusammenschluss von Christen aus allen Kirchen

russisch-orthodox

serbisch-orthodox

rumänisch-orthodox

griechisch-orthodox

bulgarisch-orthodox

armenisch-orthodox

syrisch-antiochenisch

altorthodox

koptisch

äthiopisch-orthodox

Kirchen

KIRCHEN DES OSTENS

Mormonen

Siebenten-Tags-Adventisten

und der ganzen Welt, die sich um ein besseres Verständnis und eine engere Zusammenarbeit bemühen. Sie haben schon viel erreicht. Die Kirchen gehen heute anders miteinander um. Sie sind viel toleranter geworden. Sie feiern zusammen Gottesdienste und nehmen gemeinsam zu politischen oder sozialen Fragen Stellung. Das ist ein großer Fortschritt.«

»Und dann gibt es irgendwann nur noch eine Kirche?«

»Das glaube ich bestimmt nicht. Ich würde es mir auch nicht wünschen. Eine Einheitskirche reizt mich nicht. Das wäre mir zu eintönig. So ein Kirchenbaum gibt doch ein schönes buntes Bild. So viele Äste! Eine beeindruckende Baumkrone! Warum sollte man die auf einen Ast zurechtschneiden?«

»Aber guck doch«, sagte Moritz und fuhr mit dem Finger den Baum der Kirchen entlang: »Viele von den Ästen stehen einander ganz schön im Weg. So, wie die Kirchen sich gegenseitig widersprechen.«

»Gut, die Kirchenäste machen sich auch Konkurrenz. Jede will größer sein als die anderen, mehr Licht von der Sonne und mehr Nährstoff aus den Wurzeln als die anderen abkriegen. Es ist auch manches Totholz dazwischen. Aber diese Widersprüche sind auch ein Ausdruck von Freiheit. Protest ist nicht mehr verboten. Im Gegenteil, ohne Kritik geht es nicht. Wir brauchen verschiedene Kirchen, die sich gegenseitig kritisieren. Denn keine Kirche ist vollkommen. Jeder fehlt etwas. Keine Kirche stellt das ganze Christentum dar. Aber jede hat ein besonderes

Talent. Wenn die Kirchen sich gegenseitig nur mehr respektieren und bei den anderen Dinge entdecken würden, die ihnen selbst fehlen, wäre schon viel geholfen.«

»Und was sind das da auf dem Boden für kleine Bäumchen?«, fragte Moritz immer noch weiter.

»Die sehen aus wie Ableger, nicht wahr? Das sind die Sekten. Sekten sind kleine Gruppen, die sich vom übrigen Christentum abgekapselt haben. Sie halten sich allein für den einzig wahren Baum. Alle anderen Kirchen lehnen sie ab. Sie haben besondere Offenbarungen, besondere Gebote und besondere Riten, um sich vom Rest der Christen abzugrenzen. Die Mormonen etwa …«

»Das sind doch die jungen Amerikaner, die immer so ordentlich angezogen, zu zweit und auf dem Fahrrad durch die Stadt fahren«, unterbrach Moritz sie.

»Genau, das sind die jungen Missionare der Mormonen. Jeder Mormone muss nach der Schule eine längere Zeit im Ausland für seinen Glauben werben. Das ist bei denen wie bei uns die Wehrpflicht oder der Zivildienst. Also, die Mormonen besitzen eine zweite Bibel, das Buch Mormon. Sie trinken weder Kaffee, Tee oder Alkohol und rauchen nicht. Dafür erlaubten sie früher die Vielehe. Ein Mann konnte mehrere Frauen haben. Ein besonderer Ritus ist die Taufe für Verstorbene. Als Mormone kann man sich stellvertretend für schon gestorbene Familienmitglieder taufen lassen, damit deren Seelen aus der Hölle gerettet werden.

Dann gibt es noch die Gemeinschaft der Siebenten-

Tags-Adventisten. Sie haben ihren Sonntag am Sonnabend. Sie sind davon überzeugt, dass das Ende der Welt unmittelbar bevorsteht. Das glauben sie allerdings schon eine ganze Weile. Ihr erster Prophet hatte ausgerechnet, dass die Welt im Jahr 1843 untergehen würde.

Die Zeugen Jehovas, die hast du bestimmt schon mal an Bahnhöfen mit ihren Zeitschriften stehen sehen. Sie glauben auch an ein baldiges Ende der Erde. Sie haben für Gott einen besonderen Namen: Jehova. Sie lehnen Teile der modernen Medizin ab. Denn es ist ihnen verboten, sich nach einem Unfall oder einer Operation fremdes Blut geben zu lassen. Selbst wenn sie oder ihre Kinder daran sterben! Ebenso radikal lehnen sie alle Gewalt ab. Die Zeugen Jehovas verweigern den Kriegsdienst. Das mussten viele von ihnen im Dritten Reich mit dem Leben bezahlen.«

»Ich finde die trotzdem furchtbar. In der Klasse haben wir ein Mädchen von den Zeugen Jehovas. Die darf gar nichts: kein Weihnachten feiern, kein Silvester, keinen Geburtstag. Ins Kino darf sie auch nicht. Das Einzige, was ihr erlaubt ist, sind die Schule und die Sekte.«

»Ich mag es auch nicht, dass die Sekten keine Freiheit zulassen. Man muss bedingungslos gehorchen und alles tun, was der Sektenführer befiehlt. Besonders die Frauen haben wenig zu sagen. Außerdem mögen die Sekten das Bücherlesen nicht. Bei ihnen darf man nur die Bibel lesen und auch die darf man nur so verstehen, wie die Sektenführer es anordnen. Und Freunde darf man eigentlich nur in der Sekte haben. Manche müssen sogar den Kontakt zur eigenen Familie abbrechen, wenn die sich der Sekte nicht anschließen will.«

Wieder machte sie eine Pause und nahm einen langen Schluck.

»Ich habe mich schon wieder heiser geredet.«

Sie sah auf die Uhr.

»Und ich muss gleich schließen. Mensch, Moritz, das war wieder super mit dir. Du hast mir sehr geholfen. Eigentlich müsste ich dir jetzt feierlich eine Auszeichnung als ›Mitarbeiter des Monats‹ überreichen.«

»Wieso denn das? Ich hab ja gar nichts gemacht. Ich hab doch nur mit dir zusammengesessen und geredet.«

»Ich meine die Sachen, die du mir im Internet rausgesucht hast.«

»Ach so, das hab ich gern gemacht. Das war keine große Mühe.«

»Trotzdem. Außerdem hast du mich wieder ins Erzählen gebracht. Und das tut mir richtig gut.«

Sie strich ihm über den Arm.

Moritz wurde ein bisschen verlegen. Damit sie es nicht merkte, stand er schnell auf, ging um den Tisch, griff sich sein Kickboard und rollte zur Tür. Als er schon fast draußen war, drehte er sich noch einmal um und rief: »Tschüss!«

»Bis bald!«, rief Sabine zurück.

9.

Fast hatte Moritz sich an das Altenheim gewöhnt. Er hatte an diesem Nachmittag ganz in der Nähe für sein Kickboard neue Räder kaufen müssen. Sein ganzes Taschengeld war dafür draufgegangen. Aber es hatte sich gelohnt. Das Board fuhr so leicht wie lange nicht mehr, die Räder rollten wie geschmiert. Moritz wollte nicht gleich nach Hause fahren, noch nicht. Er machte einen kleinen Schlenker und fuhr auf das Altenheim zu. Die Frau, die immer an der Eingangstür im Windfang saß und wie ein blindes Echo »Guten Tag« sagte, verwirrte ihn nicht mehr. Den Krankenhausgeruch nahm er kaum noch wahr. Er kannte die Schwestern. Die Schwestern kannten ihn und duldeten gelassen, dass er durch die Flure fuhr. Die vielen Geräusche, die die Alten im Tagesraum veranstalteten, das Räuspern, Husten, Scharren und Summen, waren ihm beinahe vertraut geworden. Unbekümmert rollte er durch das Heim, grüßte alle, an denen er vorüberfuhr, und kam zum Zimmer von Frau Schmidt. Er öffnete die Tür.

Aber Frau Schmidt begrüßte ihn nicht. Sie saß auf ihrem Stuhl, doch anders als sonst: zusammengesunken, nach vorn gebeugt, so als würde sie gleich zu Boden fallen. Die Brille war bis zur Nasenspitze gerutscht. Die Augen waren nicht geöffnet und nicht geschlossen. Unter den Lidern blickte ihn ein breiter weißer Schlitz an. Ihr Mund war geöffnet und – Moritz konnte kaum hinsehen – ihr oberes Gebiss hatte sich gelöst und hing herunter. Am Mundwinkel war ein Speicheltropfen getrocknet. Die Arme hingen leblos und steif herab.

Sie schien zu schlafen. Aber es sah aus, als wäre sie gestorben. Als wäre mit ihr alles zu Ende und nichts könnte sie zurückholen. Als würde sie Moritz nie wieder anblicken, anlächeln, nie wieder mit ihm sprechen. Als wäre sie unerreichbar für ihn geworden. Es war keine Bewegung in ihr und keine Farbe mehr in ihrem Gesicht. Moritz erschrak. Der Gruß, den er auf den Lippen hatte, erstarb in seinem offenen Mund. Alles, was ihm an dieser Frau vertraut geworden war, erschien plötzlich fremd, feindlich.

Moritz wusste nicht, was er tun sollte. Starr stand er einige furchtbar lange Sekunden in der Tür und hielt die Klinke in der Hand. Er traute sich nicht hinein. Wie in Panik drehte er um, warf die Tür hinter sich zu, flitzte den Flur zurück, das Treppenhaus hinunter und raus.

Moritz fuhr eine ganze Weile, bis er sich beruhigt hatte. Dass Frau Schmidt alt, sehr alt war, wusste er. Aber erst jetzt erschreckte ihn ihr Alter. Wie leblos und hässlich sie ausgesehen hatte, wie nah am Tod! Er fuhr weiter. Es dauerte, bis der Schrecken von ihm wich. Dafür kam die Scham. Moritz schämte sich für seine Angst, für seinen Ekel, für seine Gedanken und seine Flucht. Warum hatte er sie nicht geweckt? Warum hatte er sich so feige davongestohlen?

Zwei Tage vergingen, bis Moritz sich endlich aufraffte, Frau Schmidt noch mal zu besuchen. Er hatte ein schlechtes Gewissen und gleich zwei Tafeln Bitterschokolade besorgt. Als er den Gang entlangrollte, musste er an der dicken Schwester vorbei.

»Ah, unser junger Samariter«, begrüßte sie ihn.

Moritz runzelte die Stirn. Diesmal klopfte er laut und deutlich an die Tür und trat erst ein, nachdem Frau Schmidt zweimal »Herein!« gerufen hatte.

»Moritz, dich habe ich schon vermisst«, sagte Frau Schmidt. »Komm, setz dich zu mir.«

Sie lächelte ihn an. Es war, als wäre nichts gewesen. Die alte, vertraute Freundlichkeit stand wieder in ihrem Gesicht. Moritz war erleichtert. Die anfängliche Scheu fiel von ihm ab.

»Ich habe Ihnen etwas mitgebracht«, sagte Moritz, nachdem er auch Frau Sperling begrüßt hatte. Er zog die beiden Tafeln aus der Tasche.

»Oh, das wäre doch nicht nötig gewesen!«

Die Augen von Frau Schmidt leuchteten. Sie brach sich sofort einen Riegel ab und bot Moritz auch etwas an. Aus Höflichkeit nahm er sich ein Stück. Aber er kaute und schluckte schnell. Diese Schokolade war ihm einfach zu bitter.

»Du hast ja schon wieder eine neue Frisur«, bemerkte Frau Schmidt und leckte sich die Finger ab. »Diesmal schwarz mit blonden Flecken.«

»Ich hab mit Anna Friseursalon gespielt. Das ist ihr Lieblingsspiel. Ich hab mich in die Badewanne gesetzt und sie hat meine Haare gefärbt. Das Rot hat mir nie gefallen. Aber irgendwie hat Anna, als ich die Augen zuhatte, die Tuben durcheinander gekriegt. Deshalb lauf ich jetzt so gefleckt rum.«

»Du bist wirklich ein feiner Bruder, das muss ich sagen. Und was sagen deine Eltern zu deinen wechselnden Haarfarben und Frisuren?«

»Eigentlich gar nichts.«

»Schade, das ist doch der halbe Spaß dabei.«

Frau Schmidt nahm noch ein Stück Schokolade.

»Und wie geht es dir?«

»Mir geht es gut. Und Ihnen?«

»Ich bin so müde. Ständig nicke ich ein. Es ist, als hätte ich Blei in den Gliedern.«

»Haben Sie nicht gut geschlafen?«

»Ach, ich kann kaum noch schlafen. Nachts schlafe ich ein, träume zwei, drei Stunden vor mich hin. Aber dann wache ich auf und kann nicht wieder einschlafen. Ich muss aufstehen und mit meinem Wägelchen dreimal den Flur auf und ab laufen, dann geht es wieder. Doch wieder nur für zwei, drei Stunden. Ich stehe also wieder auf und laufe einsam über die Flure. Manchmal setze ich mich zur Nachtschwester und wir reden ein paar Takte. Aber meist hat sie keine Zeit. Sie ist ja ganz allein. Doch was klage ich dir die Ohren voll! Lass uns über etwas anderes sprechen.«

Sie hatte die erste Tafel schon fast aufgegessen. Da klopfte es an der Tür. »Schnell«, flüsterte Frau Schmidt und schob Moritz die Schokoladen zu. »Nimm! Die Schwester kommt.«

Moritz versteckte die Schokolade unter seiner Jacke.

Die dicke Schwester trat ein.

»Ich bringe frische Wäsche.«

Sie ging zum Schrank und räumte ein.

»Na, Frau Schmidt, ist ihr junger Samariter wieder zu Besuch?«

Frau Schmidt nickte freundlich. Moritz runzelte wieder die Stirn.

Als die Schwester draußen war, holte er die Schokolade von neuem heraus und fragte: »Warum nennt die mich dauernd Samariter?«

»Weißt du nicht, was ein Samariter ist?«, fragte Frau Schmidt zurück.

»Doch, ein japanischer Ritter.«

Frau Schmidt lachte: »Nein, das ist ein Samurai. Ein Samariter ist etwas ganz anderes. Jesus hat eine Geschichte erzählt von einem Samariter. Den hat die Schwester gemeint. Die Geschichte kennst du wohl nicht.«

Moritz schüttelte den Kopf und setzte sich auf dem Bett zurecht. Er wusste, was jetzt kam. Frau Schmidt würde die Geschichte erzählen.

»Einmal war ein Mann zu Jesus gekommen und hatte ihn gefragt: ›Was soll ich tun? Wie soll ich leben?‹ Und Jesus hatte ihm geantwortet: ›Du sollst Gott lieben von ganzem Herzen und mit ganzer Seele und deinen Nächsten wie dich selbst.‹ Aber der Mann war mit dieser Antwort nicht zufrieden: ›Wer ist mein Nächster?‹ Da erzählte Jesus ihm die Geschichte vom barmherzigen Samariter.

Ein Mann ging von Jerusalem nach Jericho. Das war eine lange Reise durch eine wilde und einsame Gegend. Räuber kamen, überfielen den Mann, raubten ihm alles, was er besaß, schlugen ihn halb tot und machten sich davon. Lange lag der Mann bewusstlos und blutend da. Ein Priester kam des Weges. Er sah den Mann, doch er ging weiter. Ein wenig später kam ein zweiter Mann vorbei. Es war ein Levit, ein Tempeldiener aus Jerusalem. Auch er sah den Verletzten. Aber auch er ging vorbei.

Schließlich kommt ein dritter Mann. Es ist kein Priester und kein Levit, sondern ein Mann aus Samarien. Die Samariter waren für die Israeliten Menschen zweiter Klasse. Man sprach nicht mit ihnen und setzte sich mit ihnen nicht an einen Tisch. Der Samariter sieht den Verletzten auf der Straße liegen. Er hört sein Stöhnen. Er hat Mitleid. Er geht zu ihm, reinigt und verbindet seine Wunden. Er hebt ihn auf seinen Esel und bringt ihn zur nächsten Herberge. Dort pflegt er ihn. Am folgenden Tag muss er weiterziehen. Er gibt dem Wirt Geld, damit er den Kranken gesund pflegt.

Nachdem Jesus die Geschichte erzählt hatte, fragte er

den Mann: ›Nun, wer von den drei Männern hat gewusst, wer sein Nächster ist?‹ Der Mann antwortete: ›Der barmherzig war und ihm geholfen hat: der Samariter.‹ Da sagte Jesus zu ihm: ›So geh und mache es wie dieser.‹«

»Aber warum haben der Priester und der Tempeldiener nicht geholfen?«, fragte Moritz. »Priester und Pastoren müssen doch Vorbilder sein.«

»Jesus hat oft Geschichten erzählt, die die Dinge auf den Kopf stellen. Deshalb haben ihn viele nicht verstanden.«

Frau Schmidt sah aus dem Fenster. Zum ersten Mal seit langer Zeit schien heute die Sonne.

»Ich komme viel zu selten raus. Ich traue mich allein nicht mehr so recht. Aber heute ist es wunderschön. Moritz, gehst du mit mir in den Garten?«

Moritz nickte. Beide nahmen ihr Gefährt – Frau Schmidt ihren Gehwagen und Moritz sein Kickboard.

Draußen wehte eine leichte, frische Brise.

»Du musst tief einatmen«, sagte Frau Schmidt. »Diese Luft gibt es nur in den ersten Frühlingstagen. Alles wacht auf. Alles beginnt von vorn. Es war ein langer Winter. Aber jetzt kommt das neue Leben. Da, die ersten Blumen! Die Bäume schlagen aus. Das erste Grün ist mir das liebste.«

Moritz gab nicht viel auf Bäume und Blumen. Aber um Frau Schmidt einen Gefallen zu tun, schnupperte er ein wenig und sah sich den Garten an. Es roch tatsächlich gut und der Garten war voll heller Farben.

»So muss die Erde gerochen haben, als Gott sie geschaffen hat. Als Gott alles gemacht hat: die Erde, den Himmel, Sonne, Mond und Sterne, die Pflanzen, die Tiere und die Menschen.«

»Und uns beide auch«, sagte Moritz mit leichtem Spott.

»Gerade uns beide. Aber du kleiner Heidenjunge kennst wahrscheinlich nicht mal die Schöpfungsgeschichte.«

Moritz hatte sich vorgenommen, heute extrafreundlich zu sein. Er bat von sich aus: »Erzählen Sie.«

»Dafür muss ich es mir erst gemütlich machen«, sagte Frau Schmidt und lehnte sich auf ihren Gehwagen.

»Am Anfang hat Gott den Himmel geschaffen und die Erde. Die Erde war noch wüst und leer und es war finster. Der Geist Gottes schwebte einsam über den dunklen Wassern. Da sagte Gott: ›Es werde Licht!‹ Und es wurde hell. Und Gott sah, dass das Licht gut war. Gott schied das Licht von der Finsternis und nannte es ›Tag‹. Die Finsternis nannte er ›Nacht‹. So wurde aus Finsternis und Licht der erste Tag. Am zweiten Tag baute Gott den Himmel über der Erde. Am dritten Tag trennte er das Wasser vom Festland und er ließ Pflanzen wachsen auf der Erde. Am vierten Tag setzte er Lichter an den Himmel: den Mond, die Sterne und die Sonne. Am fünften Tag schuf Gott die Tiere des Meeres und des Himmels, Fische und Vögel. Am sechsten Tag schuf er die Tiere, die auf dem Land leben. Und er sagte zu allen Tieren:

›Vermehrt euch und breitet euch aus über die ganze Erde.‹ Schließlich sagte Gott zu sich selbst: ›Ich will etwas schaffen, das mir ähnlich ist.‹ Und er schuf den Menschen als sein Bild. Er schuf ihn als Mann und Frau. Und er segnete sie und sagte: ›Vermehrt euch und bevölkert die Erde. Ich vertraue sie euch an.‹ Und am Abend des sechsten Tages sah Gott alles an, was er geschaffen hatte. Und es war sehr gut. Am siebten Tag aber ruhte er sich aus.«

»Diese Geschichte wirst du doch schon mal gehört haben?«, fragte Frau Schmidt.

»Ja, aber das stimmt doch alles gar nicht. Das ist längst wissenschaftlich widerlegt.«

»Mag schon sein. Trotzdem glaube ich, dass unsere Erde und mein Leben kein Zufall sind. Ich glaube, dass Gott mich gewollt hat und dich und alles um uns herum. Ganz besonders an so einem Tag. So wie heute stelle ich mir den siebten Tag vor. Gott sieht alles an und es ist sehr gut und schön.«

Langsam gingen die beiden weiter durch den Garten. Dabei summte Frau Schmidt halblaut vor sich hin:

»Geh aus, mein Herz, und suche Freud
in dieser lieben Sommerzeit
an deines Gottes Gaben;
schau an der schönen Gärten Zier
und siehe, wie sie mir und dir
sich ausgeschmücket haben.

Die Bäume stehen voller Laub,
das Erdreich decket seinen Staub
mit einem grünen Kleide.
Narzissus und die Tulipan,
die ziehen sich viel schöner an
als Salomonis Seide.«

Die beiden rollten noch eine große Runde durch den Garten, dann sagte Frau Schmidt: »Bringst du mich nach oben? Meine Beine werden langsam schwer.«

In ihrem Zimmer angekommen, ließ sie sich mit einem Seufzer in ihren Sessel fallen.

»Puh, jetzt bin ich erschöpft und gleich kommt das Abendbrot. Aber es war wirklich schön, dass du mich besucht hast. Du bringst hier immer so einen frischen Wind rein.«

10.

Freitag Mittag, ein Uhr. Paps sollte kommen, um Moritz abzuholen. Mam hatte alles verabredet.

Moritz saß am Küchentisch, stocherte unruhig und ohne Appetit in seinem Mittagessen herum und wartete darauf, dass die Türklingel läutete. Stattdessen klingelte das Telefon. Mam war schneller als er und nahm den Hörer ab.

»Es tut mir so Leid. Aber ich muss unbedingt im Büro bleiben. Es geht wirklich nicht anders. Ich hol es nach. Bestimmt!«

Mam schimpfte. »Ich hab mich auf dich verlassen und der Junge hat sich drauf gefreut. Aber was rede ich! Das ist so typisch!«

Moritz ertrug beides nicht: die Absage des Vaters und die Wut der Mutter. Er rannte in sein Zimmer. Doch was sollte er da?

Mit einem Knall legte Mam den Hörer auf. »Nein, nein, nein!«, schrie sie.

»Was ist denn los?«, fragte Anna.

Aber Mam antwortete nicht, sondern fing in ihrem nervösen Zorn an, die Küche aufzuräumen. Welchen Krach sie dabei veranstaltete. Ein einziges Scheppern und Poltern – nicht zum Aushalten. Wieder ergriff Moritz die Flucht.

Er fuhr nicht gleich zur Bücherei. Fast eine ganze Stunde zog er seine Kreise, bis er wieder einigermaßen ruhig war.

Sie stand in der Eingangstür.

»Hallo, Moritz!«

»Hallo, Sabine.«

»Komm rein. Es ist ungemütlich draußen. Aber ich musste frische Luft schnappen.«

Drinnen empfing ihn warme Bücherluft.

»Ich war gerade dabei, mir die Internetseiten anzusehen, die du rausgesucht hast. Willst du mitgucken?«

»Klar.«

Sie setzten sich gemeinsam vor den Bildschirm. Moritz atmete tief ein. Wie gut sie wieder roch. Nein, das war kein Geruch, das war ein Duft. Unmerklich rückte er ein Stück näher.

»Hier, die ist gar nicht so schlecht.« Sabine wählte »www.religionheute.de«.

Moritz betrachtete ihre Finger. Am rechten Mittelfinger trug Sabine einen bunten, mächtigen Ring. Eine übergroße, blau-rot-silberne Blume.

»Dein Ring ist stark«, sagte Moritz, ohne dass er es eigentlich gewollt hatte.

»Hat eine Freundin von mir gemacht. Der bringt mir hier den Frühling rein.«

»Sieht gut bei dir aus.«

»Danke«, sagte Sabine und sah mit einem Schmunzeln auf den Bildschirm.

Inzwischen hatte sich eine Seite mit einer Fülle von Stichworten aufgebaut.

»Was wollen wir uns mal genauer ansehen?«, fragte sie.

Moritz zeigte auf das Stichwort »Schöpfung«. Sabine klickte es an.

»Wie kommst du gerade darauf?«

»Nur so. Es ist doch merkwürdig. Wie sind die Menschen darauf gekommen? Als die Erde geschaffen wurde, war doch niemand dabei.«

»Natürlich nicht, aber die Menschen wollten schon immer wissen, woher sie kommen und wie alles begonnen hat. Und weil beim Anfang der Welt kein Augenzeuge da war, haben sich die Menschen Geschichten erzählt, Urgeschichten, die Antwort geben auf ihre Fragen, die ihnen den Ursprung und den Sinn ihres Lebens erklären. Guck mal, hier gibt es einige dieser Geschichten zur Auswahl: Schöpfungsmythen der Ägypter, der Babylonier, der Assyrer und die biblischen Schöpfungsgeschichten.«

»Wieso eigentlich Schöpfungsgeschicht*en*? Es gibt doch nur eine in der Bibel.«

»Nein, es ist wie mit den Evangelien. Auch von der Schöpfung gibt es verschiedene Versionen. Zwei, um genau zu sein. Du findest sie in den ersten beiden Kapiteln der Bibel. Gleich hintereinander. Ich klicke mal die erste Schöpfungsgeschichte an.«

Auf dem Bildschirm erschien das erste Kapitel der Bibel.

»Die Geschichte, wie Gott in sieben Tagen den Himmel und die Erde geschaffen hat, kennst du wahrscheinlich.«

Moritz nickte.

»Lass uns mal sehen, ob die Erläuterungen etwas taugen.«

»Die erste Schöpfungsgeschichte der Bibel, der so genannte Siebentagebericht, ist relativ jung. Er wurde ungefähr im 6. Jahrhundert vor Christus von einer Gruppe Priester im babylonischen Exil verfasst. Diese Priester waren gebildete Theologen, die viel vom Weltbild der babylonischen Hochkultur gelernt hatten.

Nach moderner Auffassung ist die Erde ein kleiner runder Planet, der sich um die Sonne dreht und sich in einem unendlichen Weltall befindet. Für die Menschen des Alten Orients war die Erde eine Scheibe. Diese Scheibe war oben und unten von den Chaoswassern, vom Urmeer, umgeben. Die Scheibe ruhte auf mächtigen Säulen und über ihr wölbte sich der Himmel. Den Himmel stellte man sich als eine feste Kuppel vor, die wie eine Käseglocke über die Erde gestülpt war und die oberen Wassermassen fernhielt. An ihr waren die Sterne befestigt. Auch gab es in ihr Luken. Wenn sie leicht geöffnet wurden, regnete es. Wurden sie ganz aufgesperrt, dann kam eine große Flut.«

»Was für ein seltsames Bild von der Welt! Wie sind die Menschen darauf gekommen?«, fragte Moritz

»Schwer zu sagen, es wirkt auf uns natürlich kindlich. Aber zwischen uns und der Bibel liegen ja auch Jahrhunderte wissenschaftlicher und technischer Entwicklung. Die alten Babylonier und Israeliten kannten nur einen winzigen Ausschnitt der Erde und des Kosmos. Als wissenschaftliche Theorien taugen ihre Geschichten also nicht. Dafür ist alles zu naiv: In sieben Tagen die Welt geschaffen; an zwei Tagen alle Tiere ins Leben gerufen; ein Wort und da steht der Mensch. Trotzdem sind die alten Schöpfungsgeschichten deswegen nicht sinnlos geworden. Man darf sie nur nicht wörtlich nehmen, sonst gerät man ins Abstruse.«

»Ja, zum Beispiel bei der Frage, was vor dem Anfang war. Was war, bevor Gott mit der Schöpfung begann?«

»Die Frage hat sich den Alten gar nicht gestellt. Sie gingen davon aus, dass es einen festen Anfang gab. Davor war alles wüst und leer – ›tohu wabohu‹ eben. Aber lass uns weiterlesen.«

Moritz setzte sich gerade hin, nahm einen Bleistift vom Tisch und steckte ihn sich wie eine Zigarette in den Mund.

»Der tiefere Sinn des Siebentageberichts besteht darin, dass er Grundstrukturen des Lebens nachzeichnet. Das Leben beginnt dort, wo eine Ordnung sich einstellt, wo die Dinge sich unterscheiden lassen und die Unterschiede einen Rhythmus, ein Gleichgewicht ergeben: Tag und Nacht, Wasser und Erde, Arbeit und Ruhe. Und diese Welt hat einen Sinn. Sie ist kein Zufallsprodukt. Sie hat einen Ursprung: Das ist Gott. Sie hat einen Wert: Sie ist schön und gut. Sie hat einen Mittelpunkt: Das ist der Mensch. Sie hat ein Ziel: Das ist der siebte Tag der Ruhe.

Dieser Sinn zeigt sich im Vergleich mit dem mesopotamischen Schöpfungsmythos. Die Mesopotamier glaubten nicht, dass die Erde das Ergebnis eines überlegten Plans war, sondern eines furchtbaren Kampfes. Der Gott Marduk besiegte Tiamat, die Macht des Chaos. Er zerriss ihren Körper und machte daraus den Himmel und die Erde. Den Menschen schufen die Götter, damit er ihnen die Arbeit abnahm. Die Menschen waren wie Sklaven, die alles tun mussten, so dass sich die Götter nach der Schöpfung zurücklehnen und entspannen konnten. Aber die Israeliten kannten nur einen Gott. Und dieser Gott setzte einen guten Plan ins Werk, als er die Welt und den Menschen schuf. Der Mensch war für ihn kein Sklave, sondern sein Ebenbild. Gott gab dem Menschen eine unvergleichliche Würde und Freiheit. Und er vertraute dem Menschen eine große Aufgabe an. Der Mensch sollte an seiner Stelle für die Erde verantwortlich sein.«

»Da hat sich Gott aber schwer verschätzt«, warf Moritz ein, ohne dabei den Stift aus dem Mund zu nehmen.

»Schon möglich.«

»Also, ich glaube mehr an die Wissenschaft«, meinte

Moritz. Den Stift hielt er jetzt in der Hand und fuchtelte damit durch die Luft. »Wir sind doch heute viel weiter. Heute wissen wir einfach, dass die Erde und das Leben sich über einen unvorstellbar langen Zeitraum entwickelt haben. Wir wissen vom Urknall, von Galaxien, schwarzen Löchern, Meteoriten und Asteroiden, Antimaterie, von Trilobiten und Ammoniten, von Dinosauriern und und und. Die alten Schöpfungsgeschichten hatten von all dem noch nicht mal eine Ahnung. Aber wir sehen heute viel weiter. Wir sind nicht mehr so kindisch wie die Menschen früher.«

Moritz redete sich jetzt richtig warm und Sabine hörte aufmerksam zu.

»Die Menschen, die die alten Schöpfungsgeschichten geglaubt haben, hatten einen ganz begrenzten Blick. Die Welt war für sie klein, jung und übersichtlich. Dabei kannten sie nur einen winzigen Ausschnitt. Sie wussten nichts von den Entfernungen im Universum. Trillionen Lichtjahre! Sie hatten keine Ahnung, in welchen Zeiträumen die Erde entstanden ist. Milliarden Jahre! Heute schicken wir Sonden in den Weltraum und können uralte Fossilien ziemlich genau bestimmen. Was brauchen wir da noch solche Schöpfungsgeschichten?«

»Du hast sehr gute Argumente und Bescheid weißt du auch. Trotzdem, ich mag die alten Schöpfungsgeschichten. Auch wenn sie im wissenschaftlichen Sinn nicht stimmen. Was sie sagen, ist doch aber einleuchtend: Die Erde ist gut, sie besitzt einen Grund und ein Ziel, sie soll für die Menschen und alle Lebewesen eine gute Heimat sein. Die zweite biblische Schöpfungsgeschichte ist wissenschaftlich gesehen noch unsinniger. Man hat den Eindruck, dass ein Bauer sie erzählt. Ihn interessiert nur das Leben auf der Erde, das Leben der Menschen, Pflanzen und Tiere. Über den Kosmos macht er sich keine Gedanken. Wie Himmel und Erde entstanden sind, erzählt er nicht. Sie sind einfach irgendwie da. Seine Geschichte beginnt mit dem Wasser. Es kommt ein Nebel und befeuchtet die Erde. Jetzt können Pflanzen wachsen. Da nimmt Gott Erde vom Acker und formt mit seinen Händen aus ihr den Menschen. Aber der Mensch ist nur Erde, ein Stück Lehm. Erst als Gott ihm seinen Atem und Geist durch die Nase einbläst, kommt Leben in ihn.«

»Das klingt wie eine Notbeatmung durch einen Sanitäter.«

»So muss man sich das wohl auch vorstellen. Aber darum geht es nicht. Es geht darum, dass der Mensch erst dann ein lebendiges Wesen mit einer Seele wird, wenn Gottes Geist wie ein Atemzug in ihn hineinfährt. Der Mensch braucht Gott wie den Sauerstoff. Ohne Gottes Geist müsste er ersticken. Und Gott hat auch gleich eine Aufgabe für den Menschen. Er hat einen Garten angelegt. Da hinein setzt er den Menschen. Die Erde ist ein Garten und der Mensch ein Gärtner. So weit ist alles schön und gut, nur der erste Gärtner ist einsam und allein. Gott überlegt. Er nimmt von neuem Ackererde und formt Tiere daraus. Die führt er dem Menschen vor. Der

Mensch gibt ihnen Namen: Pferd, Kuh, Hund, Katze, Maus und so weiter. Indem er ihnen Namen gibt, zeigt er, dass er ihr Herr und für sie verantwortlich ist. Aber leider kann keines der Tiere dem Menschen ein gleichwertiger Partner sein. Da versetzt Gott den Menschen in einen tiefen Schlaf. Er operiert ihm eine Rippe heraus und macht aus ihr eine Frau. Der Mann wacht auf und sieht die Frau. Er erkennt sofort: ›Das ist ein Stück von mir. Das ist Fleisch von meinem Fleisch.‹ Und sie werden ein Paar. Die Schöpfung hat da ihr Ziel erreicht, wo die Liebe erwacht. Das ist doch ein schöner Gedanke.«

Sabine lächelte Moritz an. Er schwieg. Moritz merkte, wie eine überraschende Wärme in ihm hochschoss und er rot wurde. Um sich und Sabine abzulenken, wollte er schnell etwas fragen, doch plötzlich verhakte sich wieder etwas in ihm. Er kam ins Stocken. Atem und Stimme rutschten aus. Erschrocken fiel er in ein hartes Poltern. Ohne Vorwarnung. Ohne Grund. Es war so weit weg gewesen. Jetzt war es wieder da! Und mit welcher Gewalt es über ihn kam! Er konnte sich nicht wehren, nichts tun, »tatatatatat«. Es ließ ihn nicht los, »tatatatat«. Er konnte sich nicht lösen. Sein Atem war wie verkeilt, sein Körper ein einziger Krampf, »tatatatat«. Er konnte es nicht ausschalten. Er fühlte sich wie ein abgestürzter Computer, »tatatatat«.

Da tat Sabine etwas völlig Unerwartetes. Ruhig hob sie ihre rechte Hand und legte sie Moritz einfach mitten auf den Bauch. Moritz erschrak. Er zuckte zurück. Doch sie ließ sich nicht abschütteln. Sie wusste, was sie tat. Ihre Hand ruhte fest auf seinem Bauch. Moritz' Mund schloss sich. Er sah sie an und wehrte sich nicht länger. Ihre Hand tat ihm gut. Sie gab ihm Halt und Wärme. Wärme floss aus ihrer Hand in seinen Bauch, die Brust hinauf, in den Hals, sie strahlte in den ganzen Körper aus.

»Mach die Augen zu«, sagte sie mit ruhiger Stimme.

Moritz gehorchte. Er schloss die Augen. Er hatte keine Angst mehr und keine Scheu. Er ließ sich in die Dunkelheit und die Stille fallen und fühlte, wie ihre Hand wuchs, größer und immer größer wurde, bis sie seinen ganzen Körper zu halten schien. Es war, als läge er ganz und gar in ihrer Hand. Da wurde er ruhig.

»Atme in meine Hand.«

Moritz' Atem sank, er ging tiefer, tief in den Bauch hinein. Seine Bauchdecke hob und senkte sich immer gleichmäßiger unter ihrer Hand. Sein Atem wurde ruhig und fest und fand wieder einen guten Takt.

Fast hätte Moritz so einschlafen können. Er öffnete die Augen. Sie zog ihre Hand zurück. Einen Moment saßen sie still nebeneinander. Es gab nichts zu sagen.

Dann stand sie auf und lächelte ihn noch einmal an.

Moritz stand auch auf, ging zu seinem Kickboard, stellte sich drauf, winkte und fuhr hinaus. Draußen war es kalt, doch in seinem Bauch spürte er noch lange die Wärme. Sie fühlte sich an wie Glück.

11.

Es war ein elender Sonnabend. Diesmal war Paps pünktlich. Um ein Uhr hupte er und Moritz sprang hinunter – heute in neuneinhalb Sprüngen – und stieg zu ihm ins Auto. Sie fuhren durch die Stadt, ohne sich für ein bestimmtes Ziel entscheiden zu können. Ständig fragte Paps, was Moritz gern tun würde. Aber Moritz fiel nichts ein. Schließlich landeten sie in einem Museum, ohne recht zu wissen, warum. Schweigend liefen sie durch die hohen Räume, bis Moritz sagte, er habe keine Lust mehr.

Das Museum lag in der Innenstadt. Sie drängelten sich durch die überfüllten Einkaufsstraßen und gingen in ein Plattengeschäft. Moritz sollte sich zwei CDs aussuchen. Doch als Moritz sie gefunden hatte, sah er an Paps' Gesichtsausdruck, dass er von der Musik nichts hielt. Aber er zahlte, ohne etwas zu sagen.

Überhaupt hatte er wenig zu sagen. Ein, zwei kurze Fragen nach der Schule, ein Witzversuch, ein paar verlegene Bemerkungen über Wetter und Verkehr, dazwischen Funkstille. Es war, als wären sie Fremde, die sich gerade erst über eine Kontaktanzeige kennen gelernt hätten: »Vater sucht Sohn für gemeinsame Unternehmungen …«

Wie unsicher Paps war! Fast tat er Moritz Leid. Jeden Wunsch erfüllte er ihm. Nur um ihn zu testen, wollte Moritz viermal Pommes frites. Und er bekam viermal Pommes. Die Zeit verstrich nur langsam.

Schließlich erklärte Moritz, er müsse zurück, Hausaufgaben machen. Das war eine offensichtliche Lüge, doch Paps ließ sich sofort darauf ein und fuhr Moritz nach Hause. Beim Aussteigen versuchte er ungeschickt, Moritz über die schwarz-gelb gefleckten Haare zu streichen. Aber da war Moritz schon draußen.

Oben angekommen, lief er in sein Zimmer, schlug die Tür hinter sich zu und schleuderte die CDs in die Ecke.

Mam kam anmarschiert. »Wieso bist du denn schon hier? Habt ihr euch gestritten? Hatte er keine Zeit mehr?«

Moritz drängte sich an ihr vorbei in den Flur. »Nein, ich bin verabredet.« Er schnappte sich sein Board und ging ohne weitere Erklärungen weg.

Nachdem er ein paar Runden in der Nachbarschaft gedreht hatte, an der geschlossenen Bücherei vorbei, fuhr er schließlich zum Altenheim.

Frau Schmidt saß wie immer in ihrem Sessel am Fenster. Frau Sperling lag still mit geschlossenen Augen in ihrem Bett.

»Guten Tag, Moritz. Das ist aber eine Freude, dich zu sehen.«

»Guten Tag«, sagte Moritz und setzte sich auf ihr Bett. Er hatte immer noch Wut im Bauch. Er war zornig und niedergeschlagen zugleich. Am liebsten wäre er wieder gegangen. Außerdem war ihm übel von den vielen Pommes.

Er wusste nicht, worüber sie sich unterhalten sollten. Aber er wollte auch nicht, dass sie stumm nebeneinander saßen. Da fragte er mürrisch: »Erzählen Sie mir eine Geschichte?«

Frau Schmidt sah ihn an, zog die Augenbrauen hoch und rückte ihre Brille zurecht.

»Eine Geschichte soll ich dir erzählen? Da muss ich kurz überlegen. Ich habe dir schon von Jakob und Joseph erzählt, vom barmherzigen Samariter und von der Erschaffung der Welt. Was hatten wir noch nicht? Die Weihnachtsgeschichte? Ach nein, die kennst selbst du. Na, dann nehmen wir die Geschichte vom verlorenen Sohn. Hast du die schon mal gehört?«

Moritz schüttelte den Kopf.

»Jesus hat einmal eine Geschichte erzählt von einem Sohn, der verloren ging und wiedergefunden wurde. Es war ein Bauer, der hatte zwei Söhne. Eines Tages kommt der jüngere Sohn zu ihm und sagt: ›Vater, ich will fort von hier. Ich will die Welt kennen lernen. Zahl mir schon jetzt mein Erbe aus.‹ Der Vater gibt seinem Sohn einen großen Beutel mit Geld und lässt ihn ziehen. Der Sohn geht fort in ein fernes, fremdes Land.

Doch er ist nicht klug. Schon bald hat er sein ganzes Hab und Gut durchgebracht. Falsche Freunde und zweifelhafte Frauen haben ihm alles abgenommen. Ohne

Geld, ohne Arbeit, ohne Freunde sitzt er in der Fremde. Da kommt eine Hungersnot. Er muss betteln gehen. Ein Bauer gibt ihm Arbeit. Er muss die Schweine hüten. So ausgehungert ist er, dass er den Schweinen von ihrem Futter stehlen will. Doch der Bauer verbietet es ihm.

Da geht der Sohn in sich und überlegt: Mein Vater hat so viele Knechte. Bei ihm muss niemand hungern. Ich will aufbrechen und zu meinem Vater gehen und zu ihm sagen: Vater, es war nicht recht, was ich getan habe. Ich bin nicht wert, dein Sohn zu heißen. Aber lass mich als Knecht bei dir leben und arbeiten. Und der Sohn geht los und kehrt nach Hause zurück.

Sein Vater sieht ihn schon von weitem kommen. Er hat solches Mitleid, dass er seinem Kind entgegenläuft, es in seine Arme schließt und küsst. Der Sohn sagt: ›Vater, es war nicht recht, was ich getan habe. Ich bin nicht wert, dein Sohn zu heißen.‹ Aber der Vater lässt ihn gar nicht ausreden. Er ruft seinen Knechten zu: ›Holt neue schöne Kleider für meinen Sohn und schlachtet das gemästete Kalb. Lasst uns ein Fest feiern, essen, trinken und fröhlich sein. Denn mein Sohn war tot und ist wieder lebendig geworden. Er war verloren und ist gefunden worden.‹ Und alle fingen an fröhlich zu sein.

Alle feiern, bis auf den älteren Sohn. Der kommt gerade von der Arbeit auf dem Feld. Als er das fröhliche Lachen im Haus hört, fragt er einen Knecht, was geschehen ist. Der Knecht erzählt ihm, dass sein Bruder zurückgekehrt ist. Da wird er wütend und will nicht hineingehen.

Sein Vater kommt zu ihm heraus und bittet ihn, doch mitzufeiern. Aber der ältere Sohn schimpft: ›Ich bin immer bei dir geblieben und habe jeden Tag für dich gearbeitet. Doch du hast für mich nie ein Fest gegeben. Nur jetzt, wo dieser dein Sohn da gekommen ist, der sein Erbe mit Huren und Saufen durchgebracht hat, lässt du das gemästete Kalb schlachten.‹

Der Vater antwortet ihm: ›Du bist doch immer bei mir. Und alles, was mir gehört, gehört auch dir. Du solltest fröhlich sein. Denn dein Bruder war tot und ist wieder lebendig geworden. Er war verloren und ist gefunden worden.‹«

Frau Schmidt hörte auf zu sprechen und lehnte sich zurück.

Moritz, der die ganze Zeit auf den Boden geschaut hatte, sah hoch.

»Warum erzählen Sie Ihre Geschichte nicht zu Ende?«

»Die Geschichte ist zu Ende.«

»Aber wie geht sie aus? Kommt der ältere Bruder nun zum Fest oder nicht?«

»Was meinst du?«

»Keine Ahnung! Warum hat Jesus die Geschichte überhaupt erzählt?«

»Jesus wollte sagen, dass alle Menschen zu Gott kommen können, egal ob sie fromm sind und immer so gelebt haben, wie Gott es will, oder nicht. Auch die, die vom guten Weg abgekommen sind, können zu Gott zurückkehren, weil sie doch seine Kinder sind und bleiben. Gott vergibt uns. Darum sollten auch wir Menschen uns vergeben. Ich denke, der ältere Bruder hätte gut daran getan, seinen jüngeren Bruder freundlich zu empfangen.«

Moritz sah Frau Schmidt misstrauisch an. Schließlich sagte er: »Vielleicht müsste man die Geschichte mal andersrum erzählen.«

»Wie meinst du das: andersrum?«

»Na, es sind doch nicht immer die Söhne, die weglaufen und alles kaputt machen. Manchmal ziehen auch die Väter weg und gehen verloren. Und die Kinder bleiben zu Hause zurück und müssen allein klarkommen.«

»Ach so, jetzt verstehe ich, was du meinst: Die Geschichte vom verlorenen Vater! Der Vater läuft von zu Hause fort und zieht in die Fremde. Aber wenn man die Geschichte richtig weitererzählt, dann geht es ihm dort schlecht. Er will zurückkehren. Er geht in sich und macht sich auf den Weg. Er will sich entschuldigen und wieder bei seiner Familie leben. Schließlich kommt er nach Hause. Die beiden Söhne sehen ihn von weitem.«

Frau Schmidt machte eine Pause.

Dann fragte sie: »Und wie werden die Söhne reagieren? Wie müsste die Geschichte vom verlorenen Vater ausgehen?«

»Was weiß ich! Ich bin doch nicht Jesus!«

Das war Moritz viel schärfer, patziger und lauter rausgerutscht, als er gewollt hatte. Aber da waren plötzlich der Ärger und die Wut in ihm hochgekrochen. Heute war einfach ein schrecklicher Tag. Alles war so kaputt! Heute erschien ihm die ganze Welt verunglückt. Er wurde mit einem Mal ganz nervös und zappelig, sprang auf, sagte nur kurz: »Tschüss« und lief aus dem Zimmer, den Flur entlang, die Treppe hinunter, aus dem Heim.

Draußen blieb er stehen und holte dreimal tief Luft. Warum musste heute alles quer laufen? Warum konnte er es mit niemandem aushalten? Warum konnte er sich selbst nicht leiden?

Aber was konnte Frau Schmidt für seine schlechte Laune und seinen verlorenen Vater? Moritz überlegte. So konnte er nicht nach Hause fahren. Er holte noch mal Luft. Dann drehte er um, ging wieder ins Heim, die Treppe hinauf, den langen Flur entlang, in das Zimmer von Frau Schmidt.

Bevor sie etwas sagen konnte, entschuldigte er sich: »Tut mir Leid, dass ich rausgerannt bin. War nicht so gemeint. Heute ist ein dummer Tag!«

»Ist schon gut.«

Moritz stand in der Tür. Er wusste nicht, was er noch sagen sollte.

»Morgen wird ein besserer Tag«, meinte Frau Schmidt lächelnd. »Obwohl ich morgen Geburtstag habe.«

»Wieso ›obwohl‹? Freuen Sie sich nicht?«

»In meinem Alter freut man sich nicht mehr auf seinen Geburtstag. Es ist ein Tag wie jeder andere.«

»Keine Feier?«

»Mit wem denn? Ich habe ja keinen mehr. Ich bin die Letzte, die übrig ist.«

»Und wenn ich komme?«

»Wenn du kämst? Das wäre fein!«

Frau Schmidt überlegte kurz.

»Sag mal, Moritz, darf ich dich um etwas bitten? Als eine Art Geburtstagsgeschenk?«

Moritz nickte.

»Ich würde gern einmal wieder in die Kirche gehen. Aber ich trau mich nicht allein. Ich kann mich auf meine Beine nicht mehr verlassen. Würdest du mit mir gehen. Ich meine, mich abholen zum Gottesdienst und wieder zurückbringen. Wenn du neben mir gehst, fühle ich mich sicher.«

»Wann soll ich hier sein?«

»Komm um halb zehn. Du könntest dann allerdings nicht ausschlafen.«

»Macht nichts. Ich bin um halb zehn bei Ihnen.«

Moritz hob zum Abschied die Hand.

»Auf Wiedersehen, Moritz! Jetzt freue ich mich auf morgen.«

12.

Ein heller Sonntagmorgen. Die Sonne weckte Moritz früh. Er stand auf und machte für Anna und sich Frühstück. Am Sonntag schlief ihre Mutter lang. Moritz tat so viel Kakao in Annas Milch, dass sie dunkelbraun war. Wunderbar süß und klebrig schmeckte sie. Er wettete mit Anna, wer sein Marmeladenbrötchen mit den wenigsten Bissen aufessen konnte. Moritz gewann klar mit drei Bissen gegen acht. Als sie runtergeschluckt hatten, mussten sie lachen, weil sie beide bis zu den Ohren mit Marmelade und Kakao voll geschmiert waren.

Dann sah Moritz auf die Uhr. Schon neun. Er sprang auf und wusch sich hastig das Gesicht über der Spüle. Anna fragte, wo er so eilig hinmüsse. Er versprach ihr, bald zurückzukommen und ihr dann Kickboard fahren beizubringen. Danach lief er aus der Wohnung.

Draußen war es merkwürdig still. Niemand war zu sehen. Alles schlief, die Menschen, die Straßen, die ganze Stadt. Kein Auto war unterwegs. Moritz fuhr mitten auf der Straße. So schnell war er noch nie zum Altenheim gekommen.

Frau Schmidt saß schon in Mantel und Hut auf ihrem Sessel.

»Schön, dass du da bist, Moritz! Wir können los.«

»Herzlichen Glückwunsch zum 92. Geburtstag.«

Zum ersten Mal gab er ihr die Hand. Er war überrascht über den warmen und festen Händedruck der alten Frau.

»Komm, lass uns aufbrechen«, sagte Frau Schmidt.

Moritz fuhr vor, sie folgte mit ihrem Gehwagen.

»Nicht so schnell«, rief sie. »Alte Frau ist kein Kickboard!«

Es dauerte nicht lange, da standen sie vor der alten Kirche.

»Ist sie nicht schön?«, fragte Frau Schmidt.

»Was meinen Sie: Wie hoch ist der Turm?«, fragte Moritz.

»Bestimmt vierzig Meter.«

»Und wofür ist so ein Turm gut?«

»Für vieles. Dort oben hängen die Glocken. Je höher sie hängen, umso weiter reicht ihr Klang. Umso mehr Menschen können sie zum Gottesdienst einladen. Aber für mich ist das Wichtigste am Turm, dass er den Blick nach oben lenkt. Der Turm ist wie ein Finger, der in den Himmel zeigt. Er sagt den Menschen, dass es Größeres gibt als diese Erde und Höheres als unsere üblichen Geschäfte.«

Die beiden rollten um die Kirche herum. Über den Seiteneingängen entdeckte Moritz eine Reihe kleiner Reliefs.

»Was sollen die vielen Sanduhren und Totenköpfe da oben?«

Frau Schmidt hielt an und legte den Kopf in den Nacken.

»Die Sanduhr soll die Menschen daran erinnern, dass ihre Zeit auf der Erde begrenzt ist und dass sie ihre Tage nutzen und mit Gutem füllen sollen. Die Totenköpfe und Knochen sagen dasselbe.«

»Ganz schön gruselig, den Tod so auf der Kirchenwand darzustellen!«

»Für heutige Menschen ist das schwer zu verstehen. Aber die Reliefs sind schon viele Jahrhunderte alt. Damals lebten die Menschen näher am Tod. Der Tod war immer da. Die Menschen waren viel größeren Gefahren ausgesetzt: Krankheiten, Hungersnöten, Kriegen. Viele Kinder starben, bevor sie drei Jahre alt waren. Viele Frauen starben bei der Entbindung! Der Tod war immer im Haus. Das war furchtbar, aber die Menschen sahen auch deutlicher, was der Tod war. Sie hatten weniger Scheu vor ihm als wir.«

Sie gingen weiter zum Haupteingang.

»Das ist das Portal.« Frau Schmidt zeigte auf eine Figur über dem Eingang. »Weißt du, wer das ist?«

»Meinen Sie den Mann mit dem Schlapphut, dem großen Stab und der Muschel?«

»Ja, das ist Jakobus, der Heilige der Pilger. Er ist der Schutzpatron unserer St.-Jakobus-Kirche.«

»Und was ist ein Pilger?«

»Früher glaubten die Menschen, dass es besonders heilige Orte und Städte gebe. Sie machten sich auf und pilgerten – das heißt sie wanderten – dorthin, um Gott näher zu sein. Pilgern war sehr anstrengend und gefährlich. Es gab damals keine Züge, Autos oder Flugzeuge, nicht mal richtige Straßen. Monatelang gingen die Pilger zu Fuß durch unbekannte und gefährliche Gegenden. Sie trugen einen großen Hut gegen Wind und Regen und einen schweren Mantel als Schutz gegen das Wetter. In diesem Mantel schliefen sie auch. Damit sie als Pilger erkennbar waren, trugen sie ein Zeichen, zum Beispiel die Muschel. An der Muschel konnte jeder sehen, dass sie nach Santiago de Compostela gingen oder von dort kamen. Santiago liegt an der spanischen Nordküste. Am Strand findet man die großen schönen Jakobsmuscheln. Santiago war einer der berühmtesten Pilgerorte, weil dort angeblich der heilige Jakobus begraben liegt. Jakobus war einer der ersten Jünger Jesu. Die Pilgerreise war eine religiöse Pflicht. Sie war aber auch ein Symbol für das ganze Leben eines Christen, der sich von Geburt an bis zum Tod auf einer Wanderschaft zu Gott befindet. Heute gibt es nur noch wenige Pilger – außer uns beiden vielleicht. Wir zwei sind ja auch losgepilgert.«

»Aber wir mussten nicht weit laufen.«

»Für mich ist das schon weit genug«, meinte Frau Schmidt. »Komm, lass uns hineingehen.«

Sie unternahmen eine große Runde durch das Kirchenschiff. Frau Schmidt erklärte Moritz die verschiedenen Gegenstände: die hohe Kanzel, von der der Pastor seine Predigt an die Gemeinde hält; den mächtigen Altar, an dem der Pastor die Gebete spricht und um den herum die Gemeinde das Abendmahl feiert; den alten Taufstein, an dem die Kinder getauft und in die Kirche aufgenommen werden.

Die Glocken begannen zu läuten. »Ich kann nicht mehr laufen«, sagte Frau Schmidt. »Es ist besser, wenn wir uns einen schönen Platz suchen. Es fängt gleich an.«

Sie setzten sich auf eine Bank in der Kirchenmitte. Sie war aus altem Holz und knarrte und knackte, als sie Platz nahmen. Langsam füllte sich die Kirche. Menschen kamen herein, begrüßten sich oder suchten sich still einen Platz. Aus einer Tür neben dem Altarraum kam der Pastor im schwarzen Talar herein.

Die Glocken verstummten. Einen Moment war es still, dann setzte die Orgel ein. Moritz drehte sich um und sah nach oben: ein mächtiges Instrument mit einer Unzahl riesiger, dicker Pfeifen. Die Töne liefen in die Höhe, in die Tiefe, sie liefen schnell und verlangsamten, sie liefen gegeneinander, dann wieder zusammen. Moritz hatte solch eine Musik noch nie gehört: so gewaltig und bewegt. Während die Orgel spielte, schien es ihm, als ob ihre Töne die ganze Welt erfüllten.

Nach dem Orgelvorspiel trat der Pastor nach vorn und begrüßte die Gemeinde. Dann sangen sich Pastor und Gemeinde im Wechsel fremdartige Worte zu, die Leute standen auf, setzten sich, standen wieder auf. Moritz traute sich nicht, Frau Schmidt nach dem Sinn des Ganzen zu fragen. Ihr schien alles völlig vertraut zu sein. Er gab sich Mühe, nichts falsch zu machen. Schließlich setzten sich alle wieder. Sie sangen ein Lied mit vielen Strophen. Moritz fiel das schwer. Entweder er konzentrierte sich auf die Melodie, dann kam er mit dem Text ins Stolpern. Oder er richtete seine Aufmerksamkeit auf die Worte, dann klappte es mit dem Singen nicht.

Er war erleichtert, als alle das Gesangbuch zur Seite legten und zur Kanzel hochschauten. Dort stand der Pastor und begann seine Predigt. Moritz lehnte sich zurück. Auch wenn er nicht recht wusste, was er in diesem Gottesdienst sollte und ob er dazugehörte, fühlte er sich nicht unwohl. Keiner wollte etwas von ihm. Er konnte seelenruhig dasitzen und seine Blicke und Gedanken schweifen lassen. Der Predigt folgte er schon nach drei Sätzen nicht mehr. Aber der Pastor hatte eine freundliche und angenehm ruhige, tiefe Stimme, von der er sich gern berieseln ließ. Dabei machte er sich seine eigenen Gedanken.

Seine kleine Schwester fiel ihm ein und ihr mit Kakao und Marmelade verschmiertes, lachendes Gesicht. Es war gut, dass er sie hatte. Die Mathematikarbeit der nächsten Woche kam ihm in den Sinn und dass er dafür noch viel tun musste. Ob er in der Schule durchkommen würde? Und wenn nicht? An seine Eltern musste er denken. Wenn das Leben doch einfacher wäre, nicht so verworren und kompliziert! Wenn sie schlicht als eine ganz normale Familie zusammenleben könnten! Moritz dachte an Frau Schmidt, die neben ihm saß und heute Geburtstag hatte. Wie würde er wohl seinen 92. Geburtstag verbringen? Würde er überhaupt so alt werden?

Er blickte zu den Kirchenfenstern hoch und beobachtete, wie die Sonnenstrahlen in ihren Farben spielten. Immer wieder dachte er an Sabine, an ihre Augen, ihre Hand. Er wusste, er würde sie bald wieder besuchen. Die Erinnerung an sie verscheuchte die dunklen Fragen. Es wird sich alles finden. Es wird schon werden. Irgendwie.

Vieles ging ihm durch den Kopf, während der Pastor auf der Kanzel sprach. Irgendwie brachte der Pastor ihn zum Nachdenken. Nicht durch den Inhalt seiner Predigt, sondern durch die Art, wie er dort oben stand und Worte in die alte Kirche hineinsprach, die wie die Töne der Orgel klangen, genauso fremdartig, mächtig und zart: »Liebe«, »Seele«, »Gott«, »Friede«.

Moritz genoss diesen Zustand des Dasitzens und Vor-sich-hin-Denkens eine ganze Weile. Doch dann wurde ihm die Predigt zu lang. Er begann die Gottesdienstbesucher zu zählen. Es waren 78 Menschen. Er versuchte die Kirchenfenster zu zählen, verlor aber immer wieder die Orientierung. Er schaute aus den Augenwinkeln Frau Schmidt an. Sie war eingeschlafen.

Endlich hatte der Pastor genug gesprochen. Die Orgel setzte ein und Frau Schmidt wachte mit einem entspannten Lächeln auf. Diesmal kam Moritz beim Singen besser mit.

Nach dem Lied bat der Pastor die Gemeinde aufzustehen und sprach ein Gebet. Er betete für Menschen in Not: für Einsame, Hungernde, Hoffnungslose und Kranke. Dann forderte er die Gemeinde auf, in einem stillen Moment Gott das zu sagen, was sie bewegte.

Es war unerhört still. Alle schwiegen. Die Menschen schwiegen. Die ganze Kirche schwieg. Moritz fühlte sich zuerst beklommen. Eine solche Stille kannte er nicht. Er war sie einfach nicht gewohnt. Vorsichtig schaute er sich um. Die Menschen standen still, friedlich und mit geschlossenen Augen da. Jeder stand und schwieg ganz für sich und doch alle gemeinsam. Irgendetwas, das Moritz nicht sehen konnte, schloss sie zusammen.

Der Pastor beendete die Stille. Alle sprachen das Vaterunser. Sogar Moritz sprach mit, so weit er kam. Der Pastor breitete seine Arme aus und spendete der Gemeinde den Segen.

»Der Herr segne dich und er behüte dich. Der Herr lasse sein Angesicht leuchten über dir und sei dir gnädig. Der Herr erhebe sein Angesicht auf dich und schenke dir Frieden.«

»Amen«, sang die Gemeinde.

Der Organist legte nun noch einmal los, zog alle Register und griff kräftig in die Tasten, als ob auch er sich freute, dass jetzt Schluss war und er nach Hause zum Mittagessen konnte.

Der Pastor ging zum Ausgang. Die Gemeinde folgte ihm. Jedem schüttelte der Pastor die Hand und wünschte ihm einen schönen Sonntag – auch Moritz.

Als Moritz aus der Kirche trat, war er erstaunt, wie hell es draußen war. Er blinzelte in die Sonne.

Dann brachte er Frau Schmidt zum Heim.

»Auf Wiedersehen«, sagte er, als sie an der Eingangstür standen. »Ich muss los. Ich hab meiner kleinen Schwester versprochen, ihr beizubringen, wie man Kickboard fährt.«

»Auf Wiedersehen, Moritz, und vielen Dank für diesen wunderbaren Geburtstag!«

13.

Moritz packte seine Mathebücher in den Rucksack, nahm sein Kickboard und fuhr zur Bücherei. Er musste unbedingt etwas tun. Er musste die morgige Klassenarbeit gut überstehen, sonst sah es finster aus. Sonst gäbe es wieder endlose Problemgespräche mit Mam. Aber zu Hause kam er auf keinen klaren Gedanken. Das brauchte er gar nicht erst zu probieren. Hoffentlich würde er in der Bücherei die nötige Ruhe zum Lernen finden.

»Hallo, Moritz! Wie geht's?«, begrüßte ihn Sabine.

»Gut.«

»So siehst du aber nicht aus.«

»Ach, wir schreiben morgen Mathe. Ich muss noch so viel lernen. Aber zu Hause kann ich mich nicht konzentrieren. Vielleicht krieg ich es hier besser hin.«

»Klar, herzlich willkommen. Allerdings werde ich dir diesmal keine große Hilfe sein. Mathe habe ich in der Schule selbst nicht so großartig hinbekommen. Über eine Drei minus bin ich selten hinausgelangt.«

»Ich wäre mit einer Vier schon zufrieden.«

»Was für ein Gesicht du machst! Ist es so schlimm für dich?«

»Die reine Quälerei.«

»Weißt du was, Moritz? Ich mach dir einen Vorschlag. Wir machen es uns erst mal gemütlich, stärken uns und quatschen 'ne Weile. Ich kann gerade auch eine Pause gut vertragen. Heute hab ich sogar noch ein bisschen Kuchen da. Und danach machen wir uns an die Arbeit. Obwohl ich in Mathe nun wirklich keine Expertin bin. Aber manchmal hilft es ja, wenn man sich zu zweit an ein Problem macht. Einverstanden?«

»Sehr einverstanden!«

Sie gingen ins Archiv. Sabine besorgte Teller und Becher, Kaffee, Saft und Kuchen. Sie setzten sich, aßen und tranken. Moritz sah Sabine an. Sie wirkte müde. Um ihre Augen hatte sich ein dünner grauer Schleier gelegt.

»Und wie geht es dir?«, fragte er sie schließlich.

»Geht so. Ich hatte eine schlechte Nacht. Deshalb quäle ich mich heute durch den Tag.«

»Was war denn?« Er nahm sich noch ein Stück Kuchen.

»Ich habe gestern Abend ganz lange mit einer Freundin telefoniert. Früher haben wir uns oft gesehen. Aber seit sie weggezogen ist, machen wir einmal pro Woche einen langen Telefonabend. Gestern hat sie mir eine Geschichte erzählt, die mir nicht mehr aus dem Kopf ging. Ich konnte deshalb nicht einschlafen und habe ewig wach gelegen. Meine Freundin hat schon einen Sohn. David, mein Patenkind. David ist acht und geht in die zweite Klasse. Anfangs ist er gern gegangen. Aber jetzt traut er sich nicht mehr.«

»Wieso?«

»Auf der anderen Straßenseite von seiner Grundschule ist ein Schulzentrum. Neuerdings kommen die großen Jungs immer rüber, um zu rauchen. Da merken es ihre Lehrer nicht. Schon frühmorgens, wenn die Kleinen ankommen, hängen die Großen vor ihrem Schuleingang rum. Anfangs haben sie nur geraucht und Witze gemacht. Dann fingen einige an, die Kleinen zu ärgern und zu schubsen. Dann haben sie sie mit ihren glühenden Kippen beworfen. Schließlich haben sie von den Kleinen Geld verlangt. Und wer nicht zahlen wollte, dem haben sie Prügel angedroht. David haben sie richtig geschlagen. Bis er aus der Nase und an der Lippe geblutet hat.«

»Das ist ja total ekelhaft! Arschlöcher!«

»Kannst du wohl sagen. Meine Freundin weiß überhaupt nicht, was sie machen soll. David will nicht mehr in die Schule. Nachts macht er ins Bett. Morgens weint er. Aber sie kann ihn nicht jeden Morgen zur Schule bringen, weil sie manchmal früh zur Arbeit muss. Sie ist völlig verzweifelt.«

Sabine nahm einen langen Schluck.

»Passiert so was auch bei dir auf der Schule?«

»Im Moment ist bei uns Ruhe. Aber letztes Jahr gab es einen in der Parallelklasse, der war schlimm. Er hat nur Ärger gemacht, geklaut und andere verprügelt. Der konnte auch freundlich sein, aber plötzlich hat er einen Anfall gekriegt und ist auf einen los. Dann hat er gebrüllt: ›Ich bring dich um, ich mach dich kaputt, ich schwör, ich bring dich um.‹«

»Hat er dich auch angegriffen?«

»Ja, einmal. Ich konnte nichts machen. Er war gar nicht so groß. Aber er hatte irre Kraft. Er hat plötzlich losgebrüllt. Die anderen sind abgehauen. Ich konnte mich überhaupt nicht wehren. So besessen war der.«

»Hast du das deinen Eltern erzählt?«

»Was können die mir denn helfen?«

»Oder deinen Lehrern?«

»Nein, das bringt nichts.«

»Was hast du denn getan?«

»Nichts, ich bin ihm aus dem Weg gegangen. Zum Glück ist er schnell von der Schule geflogen. Da haben wir alle aufgeatmet. Der war wirklich nicht ganz normal. Manchmal war er richtig nett, kam an, wollte mit einem reden. Aber dann drehte er völlig durch. Ohne jeden Grund. Ich hatte ihm gar nichts getan. Trotzdem ist er auf mich los. ›Ich bring dich um, ich schwör, ich hau dich weg, ich mach dich platt.‹ Wenn nicht zufällig ein Erwachsener vorbeigekommen wäre, hätte er das vielleicht auch getan.«

Er machte eine Pause.

»Ich versteh nicht, wie man so sein kann. So gemein, so brutal!«

»Die Frage hat mich gestern Nacht auch beschäftigt. Ich verstehe das nicht. Kleine Kinder quälen – ganz ohne Grund. Das ist nur böse.«

»Aber es muss doch einen Grund geben.«

»Ja? Ich kenne keine einleuchtende Erklärung, woher

das Böse kommt. Es ist einfach da. Weißt du noch? Letztes Mal haben wir uns über die Schöpfungsgeschichten unterhalten. Am siebten Tag schaut sich Gott die Welt an und alles ist schön und gut. Man muss aber nur eine Seite umblättern und plötzlich ist nichts mehr schön und gut. Du kennst bestimmt die Geschichte von Kain und Abel.«

Moritz schüttelte den Kopf.

»Das waren die ersten Brüder, die Söhne von Adam und Eva. Einmal wollen Kain und Abel Gott ein Opfer bringen. Beide verbrennen ihre Opfergaben. Der Rauch von Abels Feuer steigt gerade in den Himmel. Das ist ein Zeichen dafür, dass Gott dieses Opfer annimmt. Aber Kains Opfer nimmt Gott nicht an. Da wird Kain eifersüchtig auf seinen Bruder und erschlägt ihn. Er hat plötzlich diesen Hass auf Abel. Darum lockt er ihn hinaus aufs Feld und prügelt ihn tot. Ohne dass man wüsste, warum.«

»Aber in dieser Geschichte ist doch Gott schuld. Wenn er Kains Opfer genauso angenommen hätte wie das von Abel, wäre nichts geschehen.«

Moritz hatte genug gegessen. Er nahm noch einen Schluck Saft. Dann schob er Teller und Glas von sich weg.

»Vielleicht. Andererseits hat Gott Kain nicht gezwungen, Böses zu tun. Das war Kains eigener Entschluss, sein freier Wille. Er wollte seinen Bruder eben töten. Er fühlt sich auch nicht schuldig. Nach dem Mord kommt Gott zu ihm und fragt, wo sein Bruder Abel ist. Kain antwortet nur: ›Was weiß ich? Warum sollte ich auf meinen Bruder aufpassen?‹ Seine Eltern, Adam und Eva, waren ganz ähnlich gewesen. Als sie im Paradies waren, hatte Gott ihnen nur ein einziges Gebot gegeben. Sie durften die Früchte von zwei Bäumen nicht essen. Aber es muss nur eine kleine Schlange kommen und ihnen gerade auf diese Früchte Appetit machen, schon greifen sie zu. Als Gott es bemerkt, schiebt einer die Schuld auf den andern. Der Mann sagt: ›Die Frau hat mich verführt!‹ Die Frau sagt: ›Die Schlange war's!‹ Keiner gibt seine Schuld zu. Und keiner versteht, warum er tut, was er tut.«

»Aber das macht doch keinen Sinn. Die Geschichten erklären überhaupt nicht, warum Menschen Böses tun.«

»Du hast Recht. Sie geben keine befriedigende Antwort. Sie erzählen nur, was das Böse ist und wie es Macht hat über die Menschen.«

»Aber wenn es das Böse gibt, dann machen die ganzen Schöpfungsgeschichten keinen Sinn. Ich meine, wenn die Welt schlecht ist, weil so viel Böses geschieht, dann gibt es nur zwei Erklärungen. Entweder Gott hat sie schlecht erschaffen, dann ist er selbst böse. Oder Gott ist gut, aber dann kann er sie nicht geschaffen haben, sonst wäre sie ja nicht böse geworden. Alles andere ist unlogisch!«

»Du bist sehr scharfsinnig. Aber diese Geschichten wollen gar nicht logisch sein. Sie behaupten beides gleichzeitig: Gott ist der gute Schöpfer dieser Welt und es gibt das Böse im Menschen.«

»Das ist doch ein reiner Widerspruch!«

Moritz lehnte sich zurück und fing an zu kippeln. Lebhaft – genau so, wie er sprach – schaukelte er mit den Beinen vor und zurück.

»Ja, aber vielleicht besteht der Glaube genau aus solchen Widersprüchen. Er bietet keine glatten Lösungen. Er ist keine Rechenaufgabe, an deren Ende ein eindeutiges Ergebnis steht. Er lebt in solchen Widersprüchen. Wie soll ich das erklären? Ach, hier.«

Sie löste eine Karteikarte von der Pinnwand, die über dem Arbeitstisch hing.

»Manchmal, wenn ich in einem Buch einen guten Satz lese, schreibe ich ihn auf einen Zettel und hefte ihn an meine Pinnwand. Letzte Woche habe ich gerade einen neuen dazugetan. Das ist ein Satz von Czeslaw Milosz, einem berühmten polnischen Dichter: ›Es ist nicht an mir, Himmel und Hölle zu bestimmen. Aber in dieser Welt gibt es zu viele Gräuel, zu viele Schrecken, so muss doch irgendwo auch die Wahrheit und das Gute sein, und das heißt: Gott muss doch existieren.‹«

»Schon wieder keine Antwort!«

»Natürlich nicht. Es ist eher eine Rückfrage auf deine Frage. Eine andere, besondere Art zu fragen. Ich finde, dass manchmal solche Fragen viel wichtiger und interessanter sind als vermeintliche Antworten.«

»Das reicht mir nicht.«

Seine Beine hatten jetzt so viel Schwung, dass er fast nach hinten übergekippt wäre, wenn Sabine ihn nicht im letzten Moment festgehalten hätte.

»He, pass auf!«, rief sie.

»Oh, tut mit Leid. Ist eine blöde Angewohnheit von mir.«

Er setzte sich gerade hin.

Sie lächelte: »Macht ja nichts. Habe ich in der Schule auch immer gemacht, obwohl es streng verboten war. Aber zurück zu deinem Einwand. Das ist alles wirklich schwer zu erklären. Du merkst, wie ich nach Worten suche. Du hast ja Recht mit deinen Einwänden. Ich kann sie nicht widerlegen. Ich will es auch nicht. Der Glaube ist ein inneres Gefühl, das sich kaum in Worte fassen lässt. Es ist wie mit der Liebe. Auch für sie findet man nur selten die richtigen Worte. Man spürt sie zwar tief in sich, man ist ganz von ihr erfüllt, aber man kann sie nicht aussprechen.«

Moritz rückte ein wenig von ihr ab: »Glaubst du denn nun an Gott oder nicht?«

»Ja, ich glaube. Aber ich glaube auf meine Weise. Ich liebe die alten Geschichten, doch schon viele von den alten Liedern kann ich kaum mitsingen. Und das alte Glaubensbekenntnis kann ich auch nicht Wort für Wort aus vollem Herzen mitsprechen. Als Konfirmandin musste ich es auswendig lernen:

›Ich glaube an Gott,
den Vater, den Allmächtigen,
den Schöpfer des Himmels und der Erde.
Und an Jesus Christus,
seinen eingeborenen Sohn, unsern Herrn,
empfangen durch den Heiligen Geist,
geboren von der Jungfrau Maria,
gelitten unter Pontius Pilatus,
gekreuzigt, gestorben und begraben,
hinabgestiegen in das Reich des Todes,
am dritten Tage auferstanden von den Toten,
aufgefahren in den Himmel;
er sitzt zur Rechten Gottes,
des allmächtigen Vaters;
von dort wird er kommen,
zu richten die Lebenden und die Toten.
Ich glaube an den Heiligen Geist,
die heilige christliche Kirche,
Gemeinschaft der Heiligen,
Vergebung der Sünden,
Auferstehung der Toten
und das ewige Leben.‹

Das sind uralte Worte, mit denen Christen seit Urzeiten
überall auf der Welt ihren Glauben ausgedrückt haben.
Aber sie treffen nur zu einem kleinen Teil das, was meinen Glauben ausmacht. Das Glaubensbekenntnis ist so
abstrakt. Es beschränkt sich darauf, Wunder und wun-

derbare Tatsachen aufzuzählen. Vieles ist so unglaublich. Himmel und Hölle zum Beispiel sind für mich keine wirklichen Orte. Oder dass Maria als Jungfrau vom Heiligen Geist ein Kind bekommen hat, das ist für mich eine ganz fremde Vorstellung.«

»Aber dann glaubst du ja gar nicht richtig.«

»Ich denke, dass es im Glauben nicht um ›richtig‹ oder ›falsch‹ geht. Es geht um etwas ganz anderes: um ein inneres Gespür für Gott. Wenn du alle Aussagen des Glaubensbekenntnisses für wahrscheinlich oder sogar tatsächlich für wahr hältst, du aber in dir kein Gefühl für Gott hast – dass er da ist für dich –, dann hast du keinen lebendigen Glauben, keinen Glauben, der dein Leben bestimmt.«

»Und wie bestimmt der Glaube dein Leben?«

Moritz griff sich wieder den alten Bleistift und begann darauf herumzukauen.

»Wenn du so fragst, muss ich dir eine Geschichte erzählen, meine Geschichte. Ich habe dir, als wir uns kennen lernten, gesagt, dass ich Religion studiert habe. Ich wollte Lehrerin werden. Das war mein Lebenswunsch, mein Traumberuf. Mit Kindern und Jugendlichen arbeiten, mit ihnen etwas lernen, eine richtig gute Schule aufbauen – das wollte ich. Anfangs lief alles reibungslos. Mein Studium hat mir großen Spaß gemacht, die Prüfungen habe ich ohne Probleme bestanden und danach sofort eine Stelle bekommen. Jetzt war ich am Ziel. Ich hatte das erreicht, was ich immer wollte. Aber plötzlich ging nichts mehr.«

»Wieso, was war denn los?«

»Mein Freund hat sich von mir getrennt. Ich war allein und ich musste erkennen, dass ich in der Schule am falschen Platz war. Ich bin einfach keine Lehrerin.«

»Aber du hast doch wahnsinnig viel Ahnung. Und erklären und erzählen kannst du auch sehr gut.«

Unwillkürlich fing Moritz wieder an zu kippeln.

»Ja, wenn wir uns unterhalten, dann ist das etwas anderes. Mit einem Einzelnen wie dir zu diskutieren, einem, der echt interessiert ist, etwas zu erzählen und von dir Fragen und Einwände zu hören, das finde ich wunderschön. Aber ich kam in der Schule mit dem Lärm und Stress nicht klar. Ich kam mit den großen Klassen nicht zurecht. Außerdem gab es in meiner ersten Klasse einige wirklich schwierige Kinder. Ich konnte mich nicht durchsetzen. Es war wie verhext. Ich konnte machen, was ich wollte – sie machten, was sie wollten. Keiner hörte mir zu. Keiner hörte auf mich. Aus meinem Traum war ein Albtraum geworden. Meine Stimmung war am Boden – und meine Stimme auch. Ich habe wohl zu viel geschrien und gebrüllt, falsch und hektisch geatmet, war verkrampft, hatte zu viel Angst vor der Klasse. Meine Stimme hat das nicht ausgehalten. Sie wurde schwach und schwächer, heiser, schließlich blieb sie ganz weg. Aus! Ende! Ich war sprachlos. Ich konnte nichts mehr sagen, nicht einmal mehr flüstern.«

Moritz wurde jetzt sehr ruhig. Er legte den Stift zur Seite und saß ganz still da.

»Ich war dann lange krank – eine schlimme Zeit. ›Berufsunfähig‹ – ich habe nicht mehr funktioniert. Ich war so klein und fühlte mich so hilflos wie ein Baby. Aber ein Baby kann immerhin noch brüllen und lachen. Ich konnte gar nichts mehr. Und dann die Urteile der Leute. Alle haben auf mich eingeredet, mir erklärt, wie es dazu kommen musste, mir Tipps gegeben. Was es auch für Ratschläge gibt, ich habe sie alle zu hören gekriegt. Kein einziger hat mir geholfen.

Schließlich habe ich einen Logopäden gefunden, der mir helfen konnte. Bei ihm habe ich wieder ganz von vorn begonnen. Das Allereinfachste von der Welt musste ich lernen wie ein Neugeborenes: Bei ihm habe ich atmen gelernt. Er hat mir gezeigt, bewusst und ruhig zu atmen, nicht hier oben am Hals, sondern mitten in den Körper hinein, tief in den Bauch. Und in diesem Atmen liegt auch mein Glaube verborgen. Das klingt vielleicht merkwürdig, aber so war es für mich. Ich lernte, dass ich um meinen Atem nicht ringen muss. Ich muss ihn nur zulassen. Das war eine wunderbare, befreiende Erfahrung. Ich merkte, dass der Atem von allein zu mir kommt, umsonst, dass genug da ist für mich. Das Allerselbstverständlichste, mein Atem, war für mich plötzlich ein Wunder, ein Geschenk Gottes. In jedem Atemzug habe ich Gottes Freundlichkeit gespürt. Mit jedem Atemzug spürte ich, dass ich Vertrauen haben kann. Und mit diesem Vertrauen kam meine Stimme zurück.«

Sie machte eine Pause und lächelte Moritz an. Er blickte sehr ernst zurück.

»Du erinnerst dich doch an die zweite Schöpfungsgeschichte, die ich dir erzählt habe: wie Gott dem ersten Menschen das Leben schenkt, indem er ihm seinen Atem in die Nase bläst, ihm mit seinem Geist die Lungen füllt.«

Moritz nickte.

»Das ist ein Bild auch für mich. Der Atem, den ich zum Leben brauche, kommt zu mir, ohne dass ich viel dafür tun müsste. Ich muss mich nur lösen, mich bereit machen, ihn zu empfangen. Es ist für alles gesorgt, ich muss mich nicht sorgen.«

Wieder machte sie eine Pause und nahm einen Schluck aus ihrer Tasse. Moritz rührte sich nicht.

»Und noch eine zweite Geschichte ist mir wichtig. Sie erzählt, wie Jesus einen Gelähmten geheilt hat. Der Mann war von Jugend an krank, konnte Arme und Beine nicht bewegen. Seine Freunde mussten ihn auf einer Trage überall hintragen. Als sie hören, dass Jesus in ihr Dorf kommt, wollen sie ihren gelähmten Freund zu ihm bringen. Aber Jesus sitzt in einem Haus, das voller Menschen ist. Sie kommen nicht durch. Da tragen sie ihren Freund auf das Dach des Hauses und hacken mit Spaten und Äxten ein Loch hinein, gerade groß genug, um die Trage mit ihrem kranken Freund an Seilen herunterzulassen. Jesus sieht den Gelähmten durch das offene Dach herunterschweben. Und er sagt zu ihm: ›Was dich belastet, was auf dir liegt und dich lähmt, es ist vergeben und vergessen.‹ Die Leute, die dabeisitzen, wundern und fragen sich: ›Wie kann er so etwas sagen?‹ Aber Jesus kümmert sich nicht um sie, sondern wendet sich wieder an den Gelähmten: ›Steh auf, nimm deine Trage und geh.‹ Und tatsächlich, der Mann steht auf, nimmt die Trage, auf der er so lange gelegen hat, unter den Arm und geht auf seinen eigenen Beinen davon. Das ist meine Jesusgeschichte, eine Wundergeschichte. Aber das Wunder ist nicht das Entscheidende. Entscheidend ist, dass dem Mann das genommen wird, was ihn gequält und gelähmt hat. Er gewinnt eine neue Freiheit. Das ist seine Heilung.«

»Und deine Heilung?«

»Meine Heilung hat natürlich viel länger gedauert als bei dem Gelähmten, der nach einem kurzen Satz von Jesus wieder laufen kann. Ein gutes halbes Jahr durfte ich nicht sprechen. Doch dann konnte ich mein Leben neu beginnen. Ich verabschiedete mich von der Schule, ließ mich zur Bibliothekarin ausbilden und fing hier mit meiner neuen Arbeit an. Es ist nicht das, was ich mir früher erträumt habe, aber es ist gut. Ich muss immer noch auf meine Stimme aufpassen – du hast gemerkt, dass ich schnell heiser werde –, aber ich kann jetzt mit meiner Schwäche leben.«

Sie räusperte sich.

»So, das war meine Geschichte. Jetzt weißt du etwas mehr über mich.«

Sie nahm einen letzten Schluck und lächelte Moritz an. Der Kaffee war inzwischen kalt geworden.

Moritz war ganz still. So hatte noch kein Erwachsener mit ihm gesprochen: offen und ehrlich, ohne dass es peinlich wurde. Aber er wusste nicht, was er jetzt sagen sollte.

Sabine schaute auf die Uhr.

»Mit dir vergeht die Zeit immer so schnell. Und dabei musst du noch für morgen lernen.«

Moritz seufzte. Das hatte er ganz vergessen.

»Komm, lass es uns zusammen probieren. Vielleicht fällt uns gemeinsam was ein. Zeig mal deine Sachen!«

14.

Er hatte so ein Glück. Er konnte es gar nicht fassen. Er musste nicht einmal schummeln. Was für eine Angst er gehabt hatte! Aber als der Lehrer ihm den Aufgabenzettel auf den Tisch legte, wusste er, dass er die Klassenarbeit gut überstehen würde. Die Fragen und Gleichungen kamen ihm seltsam vertraut vor. Die Lösungen stellten sich wie von selbst ein. Er war sogar vor der Zeit fertig. Nach der Stunde lief er zu Jens, dem Klassenbesten und Matheass, und sprach alles mit ihm durch. Viel konnte er nicht falsch gemacht haben. Wie erleichtert er war! Aber irgendwie wurde Moritz das Gefühl nicht los, dass er es gar nicht verdient hatte. Zu dumm, dass heute Mittwoch und die Bücherei geschlossen war. Aber mit irgendjemandem musste er sein Glück teilen.

Doch als er das Zimmer von Frau Schmidt betrat, erschrak er. Ein Bett fehlte.

»Wo ist Frau Sperling?«

»Setz dich erst mal«, sagte Frau Schmidt.

Moritz nahm wie immer auf ihrem Bett Platz. Er starrte zur gegenüberliegenden Wand. Das Zimmer wirkte plötzlich viel größer und kälter als vorher.

»Wo ist sie hin?«, fragte Moritz noch einmal.

»Frau Sperling ist vorgestern Nacht gestorben.«

Moritz wusste nicht, was er sagen sollte.

»Sie ist eingeschlafen. Einfach eingeschlafen. Ich hab es gar nicht bemerkt.«

Moritz machte ein erschrockenes Gesicht.

»Ich glaube, sie hat es so gewollt. Sie hat es sich schon lange gewünscht. Alle hier träumen von solch einem Tod. Einfach einschlafen. Traurig ist es trotzdem. Ich hatte mich an sie gewohnt. Das Zimmer ist jetzt furchtbar leer. Dabei kannten wir uns kaum. Ich konnte mich ja gar nicht richtig mit ihr unterhalten. Merkwürdig, dass sie mir jetzt fehlt, nicht wahr?«

Moritz nickte. Sie schwiegen eine Weile.

Da fiel Moritz die Schokoladentafel ein, die er mitgebracht hatte. Er holte sie aus seiner Jackentasche und legte sie auf den Nachttisch.

»Ich weiß nicht, ob Sie jetzt darauf Lust haben.«

»Du bist so nett zu mir.« Frau Schmidt lächelte. »Aber diesmal kann ich sie nicht annehmen.«

»Wegen Frau Sperling?«

»Nein, das hat damit nichts zu tun. Sie hätte nichts dagegen, wenn ich Schokolade esse. Es ist nur so, dass ich in dieser Woche nichts Süßes esse. Ich faste. Da ist es besser, du bringst mich nicht in Versuchung. Sei nicht böse.«

»Warum fasten Sie denn? Wollen Sie abnehmen?«

Frau Schmidt lachte.

»Meinst du, dass ich das nötig habe? So dick bin ich

187

doch gar nicht. Außerdem in meinem Alter! Nein, das hat einen anderen Grund. Am Sonntag hat die Karwoche begonnen. Und in dieser Zeit verzichte ich auf eine Sache, von der ich sonst nicht lassen kann.«

»Was ist das, die Karwoche?«

»Die Karwoche ist die Zeit, in der die Christen daran denken, wie Jesus gestorben ist. Du hast anscheinend am Sonntag in der Kirche nicht besonders aufmerksam zugehört.«

»Immerhin bin ich während der Predigt nicht eingeschlafen.«

Sie lachte.

»Na gut, lassen wir das! Am besten, ich erzähle dir die ganze Geschichte von Anfang an. Bist du bereit?«

Moritz nickte.

»Der vergangene Sonntag heißt Palmsonntag. An diesem Tag ist Jesus mit seinen Jüngern nach Jerusalem gezogen. Es war die Zeit des Passah, des jüdischen Osterfestes. Aus allen Teilen des Landes strömen die Menschen in die Hauptstadt. Auch Jesus hat sich aufgemacht. Er hat Großes vor. Er glaubt, dass jetzt sehr bald Gottes Reich kommen wird. Aber er ahnt auch, dass etwas Furchtbares auf ihn zukommt. Die Menschen bereiten ihm einen begeisterten Empfang. Er kommt auf einem einfachen Esel angeritten, doch sie jubeln ihm zu wie einem König. Jesus ist ihr Messias, der Gesalbte, die von Gott gesandte Lichtgestalt. Sie schwenken große Palmwedel hin und her und singen ›Hosianna! Gelobet sei, der da kommt im Namen des Herrn!‹ Wegen der Palmwedel nennt man diesen Sonntag Palmsonntag.

Nicht alle begrüßen Jesus. Von Anfang an hat er die Menschen gespalten in solche, die sich anstecken ließen von seiner frohen Botschaft, und in solche, die sich an ihm ärgerten. Den Oberen war er verdächtig, weil er ihre Autorität nicht respektierte, weil er allen die Tür zu Gott aufstoßen wollte und sich den Ausgestoßenen und Schwachen zuwandte: den Kindern, Kranken, Sündern und Huren. Die Oberen sahen die gute, alte Ordnung bedroht. Jesus war nicht unschuldig an diesem Streit. Er hat viele der Frommen provoziert. Wenn es um seine Botschaft ging, kannte er keinen Kompromiss.

Gleich nach seiner Ankunft bringt er den ganzen Tempel gegen sich auf. Der Tempel war damals eine Kirche und zugleich ein Viehmarkt und ein Schlachthaus. Der Vorhof war überfüllt mit Priestern, Tempeldienern und vor allem mit Händlern und Geldwechslern. Die verkauften den Pilgern die Opfertiere. Jesus hatte für das laute Treiben kein Verständnis. Er wollte einen neuen Weg zu Gott, einen neuen Gottesdienst ohne Tempelbetrieb und Tieropfer. Als er sieht, wie da gehandelt, gefeilscht, gekauft und verkauft wird, gerät er in einen wilden Zorn, wirft die Tische und Buden der Händler um, treibt sie mit einer Peitsche hinaus und ruft ihnen hinterher: ›Ihr habt Gottes Haus zu einer Räuberhöhle gemacht!‹

Jesus nimmt keine Rücksicht, obwohl er ahnt, dass dieses Passahfest für ihn ein böses Ende nehmen wird. Jeden Tag geht er zum Tempel und verkündet seine Botschaft. Die Oberen, die Priester und Theologen, betrachten es mit Argwohn. Auch die Römer, die über Israel herrschen, beobachten ihn genau. Sie fürchten, dass Jesus das Volk gegen ihre Herrschaft aufwiegeln will. Obwohl Jesus nichts anderes tut, als die Liebe zu Gott und den Menschen zu predigen, zieht er sich mächtige Feinde zu. Die überlegen sich, wie sie ihn töten können.

Es kommt der Donnerstag. Jesus sagt seinen Jüngern, sie sollen das Passahmahl vorbereiten. Sie finden einen schönen Raum, besorgen ein Lamm, kaufen Brot und Wein und bereiten das Festessen vor. Alle sind fröhlich, essen, trinken und lachen ausgelassen. Nur Jesus bleibt still.

Dann nimmt er ein Stück Brot, dankt Gott und reißt es in Stücke. Er gibt seinen Jüngern davon und spricht: ›Das ist mein Leib, der für euch gegeben wird. Esst es zu meinem Gedächtnis.‹ Er nimmt den Kelch, dankt Gott, gibt ihn seinen Jüngern und spricht: ›Dieser Kelch ist der neue Bund in meinem Blut, das für euch vergossen wird. Das tut, sooft ihr daraus trinkt, zu meinem Gedächtnis. Die Jünger essen vom Brot und trinken vom Wein. Das ist ihr letztes, gemeinsames Abendmahl mit Jesus.

Da erklärt er, dass einer seiner Jünger ihn verraten wird. Seine Freunde glauben es nicht. Sie fragen sich: ›Wen kann er meinen?‹

Jesus steht auf und geht mit seinen Jüngern zum Ölberg, einer Hügelkette vor den Toren Jerusalems. Dort liegt ein Garten. Er heißt Gethsemane. Jesus will allein sein. Seine Jünger schlafen ein. Aber er bleibt wach und betet die ganze Nacht: ›Vater, lass diesen Kelch an mir vorübergehen. Aber nicht mein Wille, sondern dein Wille geschehe.‹

Da kommen die römischen Soldaten. Judas, einer der Jünger, hat sie hergeführt. Zum Lohn erhält er dreißig Silbermünzen. Doch dieser Lohn wird ihn nicht glücklich machen. Schon bald bereut Judas seinen Verrat und erhängt sich.

Jesus wird gefesselt und abgeführt. Die Jünger fliehen. Nur Petrus, der immer der Treueste war, folgt ihm in sicherem Abstand. Sie bringen Jesus zum Haus des Hohepriesters. Davor sitzen Soldaten und Mägde um ein Feuer. Sie erkennen Petrus: ›He, gehörst du nicht zu Jesus?‹ Aber er leugnet es ab: ›Nein, ich habe mit dem nichts zu tun.‹ Dreimal fragen sie ihn, dreimal lügt er.

Jesus wird verhört. Der Hohe Rat klagt ihn der Gotteslästerung an, weil er sich für den Messias ausgegeben hat. Er erklärt ihn für schuldig und übergibt ihn Pontius Pilatus, dem römischen Statthalter. Pilatus ist unschlüssig, was er mit Jesus tun soll. Nach einem alten Brauch will er auch an diesem Festtag einen Verbrecher begnadigen. Er fragt das versammelte Volk, wen er freigeben soll: Jesus oder Barabbas, einen Mörder. Das Volk brüllt: ›Gib Barabbas frei!‹ ›Und was soll mit Jesus geschehen?‹ – ›Kreuzige ihn!‹

Die Soldaten reißen ihm die Kleider vom Leib, sie setzen ihm zum Spott eine Krone aus Dornen auf und lassen ihn ein großes, schweres Holzkreuz nach Golgatha, der Hinrichtungsstätte, schleppen. Dort nageln sie ihn an Armen und Füßen an das Kreuz. Jesus betet: ›Vater, vergib ihnen. Denn sie wissen nicht, was sie tun.‹

Es ist ein langes, langsames, grausames Sterben. Jesus betet: ›Mein Gott, mein Gott, warum hast du mich verlassen?‹ So hängt er viele Stunden am Kreuz. Dann ruft er: ›Vater, ich befehle meinen Geist in deine Hände!‹ Und stirbt.«

Moritz hatte lange still zugehört. Jetzt hatte er eine Frage.

»Woran stirbt man, wenn man gekreuzigt wird?«

»An Erschöpfung, Durst und Atemnot, irgendwann bricht der Kreislauf zusammen und das Herz versagt. Die Kreuzigung war eine besonders schlimme Hinrichtungsart, ein Tod für Sklaven und Verbrecher.«

»Warum hat Jesus sich töten lassen? Ich verstehe das nicht. Wenn er es geahnt hat, warum ist er nicht geflohen? Warum hat er sich nicht gewehrt?«

»Das haben sich seine Jünger auch gefragt. Es ist schwer, eine klare Antwort zu geben. Jesus hat nicht so gedacht wie andere Menschen. Er hat nach einer anderen Logik gelebt. Er hat sich Gott anvertraut. Darum konnte er auf alles verzichten, was uns wichtig ist. Darum konnte er selbst dem Leiden und dem Tod einen Sinn abgewinnen. Kennst du seine Seligpreisungen?«

Moritz schüttelte den Kopf.

»Selig sind, die da geistlich arm sind; denn ihrer ist das Himmelreich.

Selig sind, die da Leid tragen; denn sie sollen getröstet werden.

Selig sind die Sanftmütigen; denn sie werden das Erdreich besitzen.

Selig sind, die da hungert und dürstet nach der Gerechtigkeit; denn sie sollen satt werden.

Selig sind die Barmherzigen; denn sie werden Barmherzigkeit erlangen.

Selig sind, die reinen Herzens sind; denn sie werden Gott schauen.

Selig sind die Friedfertigen; denn sie werden Gottes Kinder heißen.

Selig sind, die um der Gerechtigkeit willen verfolgt werden; denn ihrer ist das Himmelreich.«

»Jesus nennt die selig, also wahrhaft glücklich, die alle Welt verachtet. So hat er sich selbst verstanden. Er war sanftmütig, barmherzig und friedfertig. Er wollte sich ein reines Herz bewahren. Darum wollte er keine Gewalt ausüben, aber auch nicht klein beigegeben. So hat er es ertragen, dass er verfolgt und schließlich getötet wurde.«

»Und dann?«

»Ja, und dann! Als das Leben aus ihm gewichen ist, nimmt ein Freund, Joseph von Arimathäa, den Leichnam vom Kreuz, wickelt ihn in ein großes Leinentuch, trägt ihn in eine Felsenhöhle, die als Grab dient, und wälzt einen schweren Stein vor die Höhle. Die Jünger Jesu sind verängstigt und verzweifelt. Die Mission Jesu ist gescheitert. Alles ist aus.«

»Aber die Geschichte ist doch weitergegangen. Irgendwie muss es weitergegangen sein, sonst hätte es nie ein Christentum gegeben.«

»Ja, etwas ist geschehen, das seine Anhänger aus der dunkelsten Verzweiflung reißt und in helle Begeisterung versetzt. Was das war, ist nicht so leicht zu erklären. Am Sonntag früh gehen drei Frauen, die mit Jesus und seinen Jüngern gelebt haben – Maria von Magdala, Maria, die Mutter des Jüngers Jakobus, und Salome – zum Grab. Sie wollen den Leichnam Jesu waschen und einbalsamieren. Das war damals so Sitte. Aber als sie zum Grab kommen, erschrecken sie. Der große Stein ist fortgewälzt. Das Grab ist leer. Sie finden keinen Leichnam, stattdessen sehen sie Lichtfiguren, Engel, die ihnen sagen, dass Jesus nicht bei den Toten sei. Andere Geschichten erzählen, wie die Jünger Jesus selbst geschaut haben. Wie in einer Vision haben sie ihn vor sich gesehen, nicht mehr von dieser Welt und doch höchst lebendig. Gerade noch waren sie todtraurig, jetzt brennt ihnen das Herz. Sie spüren, dass Jesus nicht tot ist, sondern lebt und ihnen Anteil an seinem neuen Leben gibt.«

»Wie soll das gehen? Wer tot ist, ist doch tot und kann nicht wieder lebendig werden. Oder war Jesus nur scheintot?«

»Nein, das haben die römischen Soldaten geprüft. Sie

haben ihm mit einem Speer in die Seite gestochen. Er war wirklich gestorben. Sein neues Leben kann man natürlich nicht in unsere Wirklichkeit einordnen, schon gar nicht beweisen. Aber die Jünger haben es gespürt, dass er über den Tod hinaus wirksam war. Der Tod hat Jesus nicht zerstört und seinen Geist nicht ausgelöscht. Als sie das erfahren, haben sie keine Angst mehr.«

Moritz sah Frau Schmidt fragend an.

»Und Sie? Haben Sie Angst vor dem Tod?«

Frau Schmidt zögerte einen Moment.

»Nein, ich habe keine Angst vor dem Tod. Nein, das ist falsch. Natürlich habe ich Angst vor dem Tod. Jeder Mensch fürchtet sich vor dem Tod. Aber mehr als den Tod fürchte ich das Sterben. Ich habe Angst davor, dass ich lange liegen und leiden muss. Im Vergleich zum Sterben habe ich wenig Angst vor dem Tod. Weißt du, in meinem Alter wird einem der Tod vertraut. Er begleitet einen auf Schritt und Tritt und schaut um jede Ecke.«

»Und was, glauben Sie, passiert nach dem Tod?«

»Viele meinen, dass die Seele in den Himmel aufsteigt und dort die Seelen ihrer Freunde und Familienmitglieder wiedersieht. Meine Mutter hat fest daran geglaubt. Sie hat sogar häufig davon geträumt. Es war immer derselbe Traum: Sie geht durch die dunkle Nacht, da kommt sie an eine Straße. Auf der anderen Straßenseite stehen alle, die schon gestorben sind – die Eltern, Großeltern, Geschwister, ihr Mann und die Freunde –, sie winken ihr zu und rufen: ›Wo bleibst du? Wir warten auf dich.‹

Gegen Ende ihres Lebens hat meine Mutter diesen Traum fast jede Nacht geträumt.«

»Haben Sie so was auch geträumt?«

»Nur ein einziges Mal, das war etwas Ähnliches. Aber nicht im Schlaf. Ich war hellwach. Es geschah mitten in einem Gottesdienst, ungefähr ein Jahr nach dem Tod meiner Mutter. Das war eine schwere Zeit für mich. Ich habe sie sehr vermisst. Ich bin also in der Kirche und gehe zum Abendmahl nach vorn. Mit den anderen stelle ich mich in einen Kreis um den Altar. Das Brot wird herumgereicht und der Wein. Als der Kelch zu mir kommt, drehe ich mich zu meiner Nachbarin um. Ich nehme den Kelch entgegen. Ich schaue auf. Und wen sehe ich? Meine Mutter! Sie steht neben mir. Mir fällt fast der Kelch aus der Hand. Sie sagt nichts, aber sie schaut mich so freundlich an, dass ich sofort ganz ruhig werde. Ich trinke, wir erhalten den Segen und gehen wieder auseinander, jeder an seinen Platz.«

»Und was soll das bedeuten?«

»Ich weiß es nicht. Vielleicht bedeutet es gar nichts. Vielleicht habe ich mit offenen Augen geträumt. Man kann das auch nicht mit den Visionen der Jünger vergleichen. Ich weiß nur, dass ich mit einem Mal unendlich glücklich war. Wir sagten kein Wort, wir schauten uns nur an. Mir brannte das Herz und ich war für einen Moment so froh wie noch nie in meinem ganzen Leben.«

Moritz runzelte die Stirn. »Aber das beweist nicht, dass es ein Leben nach dem Tod gibt.«

»Natürlich nicht. Da gibt es nichts zu beweisen. Ich selbst habe kein klares Bild davon, wie es aussehen könnte nach dem Tod. Und ich vermisse es auch nicht. Denn so viel glaube und hoffe ich: Meine Zeit ist in Gottes Hand. Aus dieser Hand falle ich nicht heraus, selbst im Sterben nicht.«

Und Frau Schmidt wölbte ihre beiden Hände so ineinander, wie sie es als junge Schülerin bei ihrem Lehrer gesehen hatte.

Das Gespräch war an ein Ende gekommen. Moritz und Frau Schmidt saßen still nebeneinander.

Die alte Frau gähnte lang und tief: »Ah, wie müde ich plötzlich bin. Furchtbar! Dass einem so schummerig werden kann! Ich muss mich gleich ein bisschen hinlegen. Mir wird ganz anders.«

Da öffnete sich die Tür und die dicke Schwester trat ein. Fast wäre sie über Moritz' Board gestolpert.

»Ach, da ist ja wieder unser Engel auf Rädern!«

Mein Gott, ist die peinlich, dachte Moritz.

»Ich glaube, ich fliege jetzt besser los«, sagte er und verabschiedete sich.

Auf dem Nachhauseweg fiel Moritz ein, dass er überhaupt nichts vom Tod seiner kleinen Oma wusste. Sosehr er auch nachdachte, er konnte sich weder daran erinnern, wo und an was sie gestorben war, noch an ihre Beerdigung oder an den Friedhof, auf dem sie jetzt lag. Irgendwann war die kleine Oma einfach weg gewesen. Er musste mal Mam oder Paps danach fragen.

15.

Knapp eine Woche später, am Dienstag nach Ostern, fielen für Moritz gleich drei Schulstunden aus. Es war erst zehn Uhr und er stand unschlüssig vor dem Schultor. Zu Hause erwartete ihn eine leere Wohnung. Seine Klassenkameraden liefen lachend und schreiend davon. Ein paar Jungs riefen ihm zu: »Kommst du mit zur Eisdiele?« Moritz schüttelte den Kopf. Er hatte so ein Gefühl – er wusste nicht, woher es kam –, dass er bei Frau Schmidt vorbeischauen müsse. Nur eine Ahnung, aber sie ließ ihn nicht los.

»Guten Tag!«, sagte die Echo-Frau, als er den Eingang hineinrollte.

»Guten Tag!«, antwortete Moritz.

Er ging das Treppenhaus hinauf, öffnete das Sicherungsgitter und rollte den Flur entlang. Als er an der Zimmertür von Frau Schmidt angelangt war, hörte er plötzlich hinter sich eine Stimme.

»Moritz!«, rief die dicke Schwester.

Er zuckte zusammen. Zum ersten Mal sprach die Schwester ihn mit seinem Namen an. Und in ihrer Stimme lag etwas Beunruhigendes.

»Moritz, du kannst da nicht hineingehen.«

»Was ist los?«

»Komm mit, komm mit!«

Die Schwester winkte ihn zu sich und führte ihn ins Stationszimmer. Sorgsam schloss sie die Tür. Sie räumte Moritz einen Stuhl frei.

»Setz dich!«

Moritz nahm Platz und sah sie fragend an. Aber immer noch sagte sie nichts, sondern räumte alle möglichen Zettel, Notizbücher, Teller und Tassen vom Tisch. Erst als der Tisch ganz leer war, setzte sie sich ihm gegenüber.

»Was ist?«

»Moritz, Frau Schmidt ist am Sonnabend in der Nacht eingeschlafen.«

»Eingeschlafen?«

»Ja, sie ist gestorben.«

»Aber ich war doch letzte Woche noch bei ihr!«

»Manchmal geht es ganz schnell. Bei ihr ist es im Schlaf passiert, ganz friedlich und still. Irgendwann, so gegen Mitternacht, muss sie einfach aufgehört haben zu atmen. Die Nachtschwester hat sie gefunden, aber sie konnte nichts mehr tun. Sie hat ihr die Augen geschlossen.«

Moritz war es, als würde die Zeit stillstehen. Alles in ihm wurde stumm und taub. Ein Gefühl, das er nicht beschreiben konnte, nahm ihn gefangen – wie ein Schwindel. War er erschrocken oder traurig, schockiert oder niedergeschlagen? Er wusste nicht, was er dachte und fühlte. Er wusste nicht, ob er weinen sollte, ob er es jetzt überhaupt könnte. Er wusste gar nichts mehr. Er saß nur starr auf dem Stuhl. Mit einem Mal erschien ihm die ganze Welt leer, so leer wie der Tisch, an dem er saß.

»Es tut mir Leid«, sagte die dicke Schwester. »Wir haben sie alle gern gehabt.«

Aber Moritz hörte die Worte kaum. Die Stimme klang wie ein ferner, gedämpfter Hall.

Schweigend saßen sie nebeneinander. Dann stand die Schwester auf.

»Das hätte ich fast vergessen«, sagte sie, ging an einen weißen Schrank und holte ein Paket heraus.

»Sie muss es geahnt haben. Denn sie hat noch etwas für dich vorbereitet.«

Sie drückte Moritz das Paket in die Hände. Es wog schwer.

Moritz richtete sich auf.

»Wo ist sie hin?«

»Sie ist längst fort«, antwortete die Schwester. »Und in einer Stunde ist die Beerdigung auf dem Friedhof.«

»Gehen Sie zur Beerdigung?«

»Ja, wenn du möchtest. Ich habe gleich Dienstschluss. Aber außer uns wird kaum einer da sein. Frau Schmidt hatte keine Angehörigen mehr. Möchtest du mit mir gehen?«

»Nein, ich muss noch jemanden abholen. Wir treffen uns lieber auf dem Friedhof.«

Moritz ging hinaus. In der linken Hand trug er das Paket. In der rechten das Kickboard. Er hatte es zusammenklappt. Irgendwie erschien es ihm unpassend, jetzt damit rumzufahren. Er ging zu Fuß.

Moritz ging in die Bücherei. Sie stand an einem der vorderen Regale und lud dicke Bände auf den Bücherwagen.

»Sabine!«

»Ach, Moritz, du bist es! Was machst du denn für ein Gesicht?«

»Ich muss dich um was bitten. Aber wir müssen uns beeilen. Ich erklar dir alles unterwegs.«

Sie sah ihn verwundert an.

»Bitte, es ist dringend!« Moritz sagte es so, dass sie nicht Nein sagen konnte.

»Gut, ich komme. Lass mich nur kurz abschließen und einen Zettel an die Tür hängen.«

Sie saßen bloß zu fünft in der Friedhofskapelle: Moritz, neben ihm Sabine und die dicke Schwester, vor ihnen der Pastor von der St.-Jakobus-Kirche und hinter ihnen, unsichtbar auf der Empore, der Organist. Sie sangen ein Lied, das Moritz nicht kannte. Es gefiel ihm nicht. Zu dunkel und altertümlich war die Melodie. Der Pastor sprach ein Gebet. Dann erzählte er von Elisabeth Schmidt, von ihrem Leben, erinnerte sich an zwei Gespräche, die er mit ihr im Altenheim geführt hatte. Und während der Pastor sprach, dachte Moritz an seine seltsame Freundschaft mit der alten Frau: wie sie in der fremden Kirche aneinander geraten waren, wie er sie besucht hatte im Heim, an ihre Zimmernachbarin, an ihre Geschichten, an die Bitterschokolade, daran, dass er sich bei ihr wohl gefühlt hatte, und an seine kleine Oma dachte er auch. Moritz fühlte in sich eine große Traurigkeit aufsteigen. Seine Augen begannen zu brennen und zwei Tränen lösten sich. Aber eigentlich verzweifelt war er nicht. Es war schwer. Es war gut.

Der Pastor beendete seine Ansprache mit einem »Amen«. Dann las er Verse aus dem letzten Buch der Bibel, der Offenbarung des Johannes: »Ich sah einen neuen Himmel und eine neue Erde; denn der erste Himmel und die erste Erde sind vergangen, und das Meer ist nicht mehr. Und ich hörte eine große Stimme von dem Thron, die sprach: Siehe da, die Hütte Gottes bei den Menschen! Und er wird bei ihnen wohnen, und sie werden sein Volk sein, und er selbst, Gott mit ihnen, wird ihr Gott sein; und Gott wird abwischen alle Tränen von ihren Augen, und der Tod wird nicht mehr sein, noch Leid noch Geschrei noch Schmerz wird mehr sein; denn das erste ist vergangen. Und der auf dem Thron saß, sprach: Siehe, ich mache alles neu!«

Sie sangen ein zweites Lied. Das hatte Moritz schon einmal gehört: »Geh aus, mein Herz, und suche Freud/in dieser lieben Sommerzeit/an deines Gottes Gaben;/ schau an der schönen Gärten Zier/und siehe, wie sie mir und dir/sich ausgeschmücket habe.//Erwähle mich zum Paradies/und lass mich bis zur letzten Reis/an Leib und

Seele grünen, / so will ich dir und deiner Ehr / allein und sonsten keinem mehr / hier und dort ewig dienen.«

Stille. Dann setzte die Orgel wieder ein. Schwarz gekleidete Träger kamen herein. Sie trugen den Sarg hinaus. Moritz und die anderen folgten. Der Sarg wurde in die Erde gesenkt, der Pastor sprach noch einige Worte, doch Moritz war mit seinen Gedanken woanders. Trotzdem sprach er fast automatisch mit den anderen das Vaterunser. Der Pastor erteilte den Segen und nun trat einer nach dem andern vor das Grab und warf drei Hände Erde hinein.

Alle gaben sich die Hand.

Sabine und Moritz gingen schweigend zum Friedhofstor hinaus.

»Vielen Dank, dass du mitgekommen bist«, sagte Moritz.

»Du brauchst dich nicht zu bedanken. Komm mich wieder besuchen. Dann musst du mir von der alten Frau erzählen.«

Sie standen einander gegenüber. Moritz wollte Sabine zum Abschied die Hand geben. Doch sie fuhr ihm mit beiden Händen durch die Haare, dann nahm sie ihn in ihre Arme und drückte ihn an sich.

Im Schritttempo fuhr Moritz – die eine Hand am Lenkknauf, in der anderen das Paket – nach Hause. Unterwegs kam er an einem Spielwarengeschäft vorbei. Er hielt an und kramte lange in seinen tiefen Hosentaschen. Ein paar Münzen konnte er herausfischen. Er rollte in den Laden und sah sich um. Schließlich kaufte er eine kleine Schere und ein Puppenshampoo. Damit konnte Anna Puppenfriseurin spielen. Zu Hause angekommen, legte er beides auf ihr Bett. Er ging in sein Zimmer und zog die Tür fest zu. Er setzte sich an seinen Tisch und öffnete das Paket.

Unter dem Packpapier entdeckte er die Familienbibel von Frau Schmidt. Als er sie aufschlug, fiel ihm ein Brief in den Schoß. Er las:

»Lieber Moritz!
Dies wird kein langer Brief. Viel kann ich nicht mehr schreiben. Meine Hand ist so müde. Aber einige Zeilen wollte ich dir doch zum Abschied schreiben. Ich wollte dir danken. Wahrscheinlich weißt du gar nicht, wie glücklich mich deine Besuche gemacht haben. So lange bin ich allein gewesen. Ich war schon ganz bitter geworden. Nichts konnte mir mehr gefallen. Ich wollte einfach nicht mehr. Jeden Tag habe ich gebetet, dass es ein Ende hätte. Aber es war wohl noch kein Platz im Himmel für mich frei. Dann haben wir zwei uns getroffen. Weißt du noch? Und du hast mich besucht. Plötzlich habe ich mich wieder auf jeden Tag gefreut. Meine Zeit geht nun zu Ende. Dein Leben liegt vor dir. Ich wünsche dir so viel Gutes, dass ich es gar nicht alles sagen kann. Vielleicht ist es auch besser, wenn ich schweige. Denn du wirst schon

selbst herausfinden, was gut für dich ist. Nur einen Vers will ich dir mitgeben. Erinnerst du dich noch an die Geschichte von Jakob unter der Himmelsleiter und daran, was Gott ihm im Traum gesagt hat? Das soll auch für dich gelten: ›Gott segne dich und du sollst ein Segen sein.‹ Möge dieser Vers über deinem ganzen Leben stehen.

Deine Elisabeth Schmidt

P. S.: Viel habe ich nicht zu vererben, nur meine Familienbibel. Ich vertraue sie dir an.«

Moritz hörte Mams Schritte. Sie klopfte an die Tür. Schnell packte er alles in seinen Schreibtisch. Als Moritz das Packpapier, die Bibel und den Brief verstaut hatte, rief er: »Ja?«
Mam steckte ihren Kopf durch die Tür.
»Moritz, kommst du mit Anna und mir zum Schwimmen? Wir würden uns freuen.«
Er nickte.
»Moritz, geht es dir gut?«
»Ja, mir geht es gut. Ich komme gleich.«

Du siehst in mein Herz und kennst mich
besser, als ich mich selbst kenne.
Ich sitze oder stehe – du weißt es.
Was ich nicht sagen kann – du hört es.
Was mir selbst verborgen ist – du siehst es.
Ich gehe oder liege – du bist um mich.
Denn ich bin in deiner Hand.
Du hältst mich umschlossen von allen Seiten,
bei dir finde ich Ruhe.
Wohin ich auch gehe – du bist schon da.
Selbst am äußersten Meer,
selbst hinter dem Horizont
würde deine Hand mich halten.
Diese Einsicht ist so wunderbar,
deine Nähe ist so geheimnisvoll,
ich kann es nicht fassen.
Du kennst mich von Beginn an,
denn du hast mich ins Leben gerufen.
Du siehst mein Schicksal vor dir, alle meine Jahre.
Jeder meiner Tage ist in dein Buch geschrieben.
Wollte ich deine Gedanken zählen, so wäre es,
als zählte ich die Sandkörner am Strand

oder die Tropfen des Meeres.
Ich kann dich nicht begreifen.
Aber du kennst mich.
Schau in mein Herz
und führe mich, denn oft weiß ich
meinen Weg nicht und gehe in die Irre.
Führe mich, dass ich mein Ziel finde,
hier und heute und alle Tage.

(Nach Psalm 139)

Für Erika Melanie Claussen,
meine Mutter und die Großmutter
unserer Kinder.